新しい光

めおと相談屋奮闘記

露口　卓

集英社文庫

目次

新しい光
めおと相談屋奮闘記

主な登場人物

信吾　黒船町で将棋会所「駒形」と「めおと相談屋」を営む
波乃　楽器商「春秋堂」の次女　信吾の妻
甚兵衛　向島の商家・豊島屋のご隠居　「駒形」の家主
常吉　「駒形」の小僧
波の上　「駒形」の番犬
ハツ　「駒形」の客で天才的将棋少女
権六　「マムシ」の異名を持つ岡っ引
正右衛門　信吾の父　浅草東仲町の老舗料理屋「宮戸屋」主人
繁　信吾の母
正吾　信吾の弟
咲江　信吾の祖母

二つの面

一

「房右衛門《ふさえもん》さんがこんなに早いなんて、珍しいですね」

話し掛けた信吾《しんご》は、途中から声が尻すぼまりになるのをどうしようもなかった。振り向いた房右衛門の左頰に、爪で引っ掻《ひか》かれたとわかる赤黒い三本の筋が見えたからだ。血の固まりがちいさな点々となって繋《つな》がり、川の字を成している。

まさか房右衛門がと目を疑うほど、頰の傷は意外であった。妻のハルは稀《まれ》に見るおしとやかな人で、夫婦《めおと》になるならあの二人を見習いなさいと言われるほどの、模範とすべき仲睦《なかむつ》まじさで知られていたからだ。

ハルが傷付けたとはとても考えられないが、となるとだれに引っ掻かれたのか気になってしまう。

将棋会所「駒形《こまがた》」の朝は、五ツ（八時）ごろから客たちが顔を見せ、相手を決めて対局を始める。前日、帰るまえに決めていることもけっこうあるようだ。

来ればだれかがいるので、客たちの集まるのが少しずつ早くなっていた。特に夏場ということもあり、だれもが暑くなるまえにと思うらしかった。六ツ半（七時）に来る人さえいる。

もともと町人の朝は早く、明るくなれば起きてほどなく働き始めるのであった。遅くとも七ツ（四時）には仕事を終え、暗くなるまえに夕食をすませてしまう。四ツ（十時）ごろまで起きているのは、かぎられたごく一部の人であった。

それにしても今朝の房右衛門は早く、六ツ（六時）を四半刻《しはんとき》（約三〇分）もすぎてはいない。信吾は鎖双棍《くさりそうこん》のブン廻《まわ》しを終え、会所の庭で常吉《つねきち》に棒術を教えていた。格子戸を開けようとする房右衛門が見えたので教えを中断し、庭を出て声を掛けたのである。

「なにしろ暑いですから」と、房右衛門は苦笑した。「家にくすぶっているより、こちらのほうがいくらかでもと思いまして」

表通りに面した二階家の住人である房右衛門にすれば、会所のほうがしのぎやすいというのは口実だろう。池泉のあるゆったりした庭に離れ座敷を設《しつら》えた広さからすれば、猫の額ほどの庭しかない将棋会所より遥《はる》かに涼しいはずだ。

頬の傷が、早く来た理由に関わっているのは明らかである。家にいられないほどとなると、よほどの事情があるにちがいなかった。なにかの集まりで泥酔して、介抱してくれた女性とつい過ちを犯してしまったのかもしれない。

しかしたまたまそれが発覚したとしても、ハルは口で責めはしても手を出すとは考えられなかった。となるとまちがいを起こした相手が懐妊し、房右衛門がなんとしても堕《お》ろすようにと言い張ったために、逆上してしまったのだろうか。

信吾は何度も首を横に振った。それこそよからぬ穿鑿《せんさく》であって、房右衛門に対してこれほど失礼なことはない。

信吾は八畳の表座敷に房右衛門を案内した。常吉が棒術の鍛錬のまえに掃除をして座《ざ》蒲団《ぶとん》を敷き、そのあいだに将棋盤を出してある。盤の上には駒入れが置かれていた。

詰将棋問題集の一冊を、信吾は房右衛門に手渡した。

「これでもご覧になりながら、しばらく時間を潰していてくださいますか。ほどなくどなたかお見えになるでしょう。てまえと常吉は食事をしますので」

「気を遣わせてすみませんね。どうかごゆっくりと」

「雨にならなければいいですが。だって房右衛門さんが五ツ半（九時）より早くお見えなのは、『駒形』を開いて初めてですから」

「まさか、そんなこともないでしょうが」

「もしかすると夫婦喧嘩《げんか》をなさって、家に居辛《いづら》かったのではないですか」

軽い冗談のつもりだったが、房右衛門は真顔で答えた。

「ではありませんが、女房を怒らせてしまいまして」

となると頰の傷はハルが付けたのか。房右衛門が傷を負わされたと知ったときには驚いたが、それがハルによるものとなるとまさに衝撃で、俄《にわ》かには信じ難い。しかし房右衛門は、女房を怒らせてしまったと言ったのである。

「ハルさんがでしょうか。あのおだやかな方が怒るなんて信じられませんが」

それも頰を引《ひ》っ搔《か》くなんて、との言葉は呑《の》みこんだ。

「女には冗談が通じないことがあるので、かないません」

房右衛門は苦笑しながら、頰にできた三筋の傷跡を指し示した。冗談が通じないとなると、だれかを孕《はら》ませたということではないだろう。であればおおごとで、女には冗談が通じないなどと言っていられる場合ではないからだ。

「常吉。先に行ってなさい。汗は丁寧に拭くのだぞ」

棒を突いたり振ったりして、棒術の連続技を繰り返している常吉に声を掛け、信吾は先に母屋へ食事に行かせた。房右衛門が話しにくいだろうと思ったのと、常吉が腹を空《す》かしているのがわかっていたからである。

「でしたらお先に」

後半を口の中でつぶやきながら、常吉は二人にお辞儀をして母屋に向かった。

信吾は房右衛門に微笑《ほほえ》み掛けたが、こういう場合はなにも訊《き》かないほうが相手は話しやすい。相談屋としての経験から、自然とわかったことである。

房右衛門がハルを怒らせたとすれば、おそらく昨夜だろう。今朝であれば、頰の傷はもっと生々しいはずであった。褐色をした瘡蓋《かさぶた》に被われて血痕が赤黒く見えるのは、付けられて一晩が経《た》ったからだ。

どうやら夜が明けても、ハルの怒りが収まらなかったらしい。家に居ては落ち着かないので、いや居るに居られずに、朝食を終えるなり会所に姿を見せたのだろう。

房右衛門は信吾より一廻り上の三十四歳である。妻のハルと十二歳の娘に九歳の息子、そして母親と気楽に暮らしていて、会所では恵まれた客の一人であった。それというのも親から引き継いだ財産があるからだ。つい二年前に父親が亡くなったので、地所などすべてを継承し、房吉《ふさきち》から代々のあるじの名前房右衛門に名乗りを変えていた。

家を構えた黒船町《くろふねちょう》だけでなく、浅草《あさくさ》近辺に何棟もの長屋や貸家を持つ家主であった。おなじ町内の長屋は自分で管理しているが、ほかの町は差配と呼ばれる管理人に任せていた。帳簿付けは女房ハルの弟が受け持っていて、房右衛門は月に一度帳面を確認するだけである。

房右衛門はハルの弟夫婦と一人息子を、おなじ屋敷内の離れに住まわせていた。離れには両親が暮らしていたが、父が亡くなると、母は孫たちといっしょに暮らしたいと、母屋に移ったのである。房右衛門夫妻にしても、母が娘や息子と寝起きしてくれるほうが、離れに一人でいるよりも安心であった。

それからというもの房右衛門とハルは、母親も含めてさまざまな趣味に明け暮れている。ハルの舞踊と小唄、房右衛門の将棋や謡《うたい》は趣味の一部ということであった。

もちろん賃貸しの上がりだけでは、生活に不自由はしなくても家族が遊んで暮らしてはいけない。何代か続けて金貸しを営んでいるが、たしかな商家への一時的な融通が主で、貸し倒れの憂き目を見たことはないとのことであった。

「昨日、長屋にもどりますとね」

房右衛門の話しぶりは、どことなく弁解じみていた。

会所は夕刻の七ツごろになると、指し終えた客から順に帰り始める。前日は長引いた好勝負があり、将棋好きたちは帰るに帰れなかった。房右衛門も足留めを喰《く》った一人である。終わりが七ツ半（五時）を廻り、六ツになろうとしていた。

遅めに家にもどった房右衛門と擦れちがうように、長屋の店子《たなこ》である富美《とみ》が、お辞儀もそこそこに帰って行った。普段なら愛想の一つも言うのに、まるで逃げるように感じられた。

一体なにがあったのだと房右衛門が顔を向けると、妻のハルは苦笑した。

「例によって、犬もなんとかのあれなんですけれど」

品が悪くなるので曖昧な言い方をしたのだろうが、犬もなんとかとなると、「犬も喰わぬ夫婦喧嘩」しか考えられない。

「のべつ幕なしだから呆《あき》れてしまう。それにしても、よく飽きずに繰り返せるものだ」

「仲がいいからこそ、言いたいことが言えるのでしょう。本当の喧嘩になったら、口も利かなくなりますもの」

面倒見のいい房右衛門はなにかと事情もあって、富美と保助《やすすけ》の仲を取り持った。義理が絡んでいたらしく仲人には別人を立てたものの、実際の取《と》り纏《まと》めはなにからなにまで房右衛門がやったとのことである。

それもあってだろうが、保助と富美は房右衛門を「兄さん」、ハルを「姉さん」と呼んで、なにかあると相談や愚痴を持ちこむ。それがけっこう頻繁なだけでなく、取り留めもないことばかりなので、文句の一つも言いたくなろうというものだ。

「そんなくだらないことで、いちいち相談に来ないでもらいたいものだな」

「そうはおっしゃいますけど、兄さん。富美のやつときたら」

決まってそんな遣《や》り取《と》りになるが、似たもの夫婦とはよく言ったものである。富美に愚痴られるハルも、いつものことながら呆れていた。

「なにからなにまで相談に来ないで、あなたたちだけでケリを付けなければだめじゃないですか。それが夫婦ってものでしょう。なんのためにいっしょになったの」

「だって姉さん、いくらなんでもあんまりじゃありませんか。ねえ、聞いてくださいよ」

であればと詳しい話を聞くと、思ったとおりどうということはない。呆れ果て、ときとして腹立たしくなる。

ところが愚痴をぶちまけた保助と富美は、すっきりした顔にもどって、何事もなかったかのように帰って行くのであった。もちろんべつべつに、である。

二人がいっしょに相談に来たことがないことからも、さほど深刻でないのはわかるだろう。そろって相談に来るには照れ臭く、また恥ずかしくなるような内容にすぎないということだ。

むしゃくしゃするので、だれかにぶちまけてすっきりしたい。気楽に打ち明けられる相手としてぴったりなのが、房右衛門でありハルということなのである。要するに甘えているのだ。そのまえになぜ自分たちだけで解決しようとしないのかと、毎度のことながらうんざりしてしまう。

房右衛門が引っ掻き傷を作ることになった原因も、馬鹿らしいと言うしかない。


慌ただしくやってきた富美は挨拶もそこそこにぶちまけたが、ハルはそれをそっくり房右衛門に繰り返して見せた。

「そんな暗がりに、ズボッと立ってるやつがあるか。ふざけてないで、お多福の面を取ったらどうなんだ、なんて言うんですよ、保助ったら」

ハルの口振りが声から調子まで富美にそっくりなので、房右衛門は思わず噴き出してしまったそうだ。

「言われて富美は、面を取ったのかい」

気の利いた冗談を言ったと思い、房右衛門はハルに笑い掛けた。ところが妻は信じられぬという顔で亭主を見て、冷ややかに言ったのである。

「富美さんはこう言ったそうです。付けていませんよ、面なんて」

ハルの表情はいつになく硬かったが、房右衛門は深刻には受け留めていなかった。軽い調子で言ったのはそのためである。

「当然、そう言うだろう」

「当然って、どういうことかしら」

「こう言えば富美はこう受けるだろうと冗談っぽく言ったら、思っていたとおりの返辞だった。ねらいどおりだったのだから、保助にすれば愉快でたまらなくなりもしようさ」

「愉快でたまらないって、おまえさん、それって本気で言ったのではないでしょうね」

「本気もなにも、保助にすればほかにねらいがないだろう。男ならだれだってそう言うはずだけどな」

「だったらわたしが暗がりに居たら、そうおっしゃるのかしら。ふざけてないで、お多福の面を取ったらどうだって」と言ってから、ハルは真剣な目で房右衛門を見た。「おっしゃいませんよね、おまえさんは」

「どうして」

「どうして、ですって。だってお多福っておかめのことですよ。目が細くてちっちゃく、頬骨が突き出て鼻が低い、滑稽なほど器量の悪い女のことでしょう。面を付けてもいないのにその面を取ったらどうだと言うのは、おまえはお多福そのものだ。稀に見る醜女《しこめ》だと言っていることになるのですよ」と言ってから、慌て気味にハルは付け足した。

「もっともわたしは自分がまともだなんて、これっぽっちも思ってはいませんけれど」

「だから冗談なんだよ。軽い気持で言ったってことさ。本気で思っていたら、そんなこと言える訳がないだろう」

　ところが通じなかった。

「そうじゃありません。冗談に紛らせて、おまえさんは本音をおっしゃったに決まっています。そうだわ。そうにちがいありません」

　保助と富美の遣り取りだったはずなのに、いつのまにかハルとのそれにすり替わっていたのである。

　そのあとでどういう遣り取りがあったかは、房右衛門は話さなかった。だが喰いちがいの溝が埋まることがなかったのは、房右衛門の頬の傷が証明していた。

　二人が向きあったまま口論になっただろうことは、房右衛門の左頬に三本の傷があることから判断できる。ハルが左利きなら右頬だが、でなければ左頬に傷ができるはずだ。

「気になさることはありませんよ、房右衛門さん。そのときはカッとなったかもしれませんが、お昼の食事にもどれば、すっかり忘れてしまっていますから。女の人はときにのぼせることがありますからね」

「だといいのですが」

信吾は首を振る房右衛門に笑い掛けてから、食事のために母屋に向かった。

二

波乃《なみの》は常吉にご飯を装《よそ》ってやりながら、信吾がもどるのを待っていた。朝と晩はいつも三人でいただくが、信吾が客と話しているのだから妻としては当然のように待つことになる。

夏でもあり、少し動いただけで汗を掻く。ましてや鎖双棍のブン廻しに励み、常吉に棒術を指導したのである。信吾は盥《たらい》の水で何度も手拭を濯《すす》いで、体を拭き浄《きよ》めた。

信吾が自分の箱膳のまえに坐《すわ》るなり、常吉は箸を置いて顔のまえで両手をあわせた。

「ごちそうさまでした」

「なんだ。もう終わったのか。育ち盛りなんだから、遠慮することはないんだぞ。もりもり食べなきゃ」

「遠慮はしてません。お替わりしましたもの」

そう言って常吉は腹を撫《な》でて見せた。

「だとしても、もう一杯くらい入るんじゃないのか」

信吾がそう言うと波乃が首を振った。

「むりに押し付けては可哀相《かわいそう》ですよ。常吉は二杯お替わりしたものね。それ以上詰めこんだら、居眠りをして仕事にならなくなるかもしれないでしょう」

言いながら波乃が笑みを洩《も》らしたのは、信吾が話したことを思い出したからかもしれない。奉公を始めたばかりのころの常吉は、食べることにしか関心がなくて、静かだと思うと柱か壁に凭《もた》れて居眠りをしていたのだ。

箱膳はそのままにして、食器を洗い場に運ぶ常吉に波乃が声を掛けた。

「波《なみ》の上《うえ》の餌は、いつもの所ですからね」

自分の名を耳にしたからだろう、生垣の向こうの庭で番犬が一声だけ吠《ほ》えた。

「ありがとうございます」

「もし、ほかのお客さまが遅いようなら、房右衛門さんに対局してもらうといい」

「はい。わかりました」

「それにしても、随分とお早いのね」

波乃は房右衛門のことを、常吉に聞いたらしい。

「なにかとあったらしくてね」と、間を取ってから信吾は続けた。「房右衛門さんは婿養子だからと」

「あら、そうなんですか」

「長いあいだそう思っていたが、わたしの思いちがいだった」

将棋客たちの話を洩れ聞いていると、ハルは稀に見る良妻賢母、それもまさに鑑《かがみ》と言っても過言ではないらしい。義母には尽くし、礼儀作法から始まって子供の躾《しつけ》も見事とのことである。

夫房右衛門をしっかりと支えて足らないところを補い、絶対に恥を掻かせるようなことはしない。それでいて見事に亭主を尻に敷いているとのことだ。

「あんな尻なら敷かれたいものだよ」

だれかの言葉に、その場に居た全員が同意した。ハルの見事なところは、それを周りに気付かせないところなのだそうだ。となれば矛盾ではないか。全員が同意したということは、それに気付いておればこそである。

ハルを理想の妻と思うあまり、房右衛門がハルの尻に敷かれていると思いたいのだろう。ところが客たちによるとそうではなかった。普段は亭主然としているものの、なにかあると、つまり夫婦のあいだで意見が喰いちがうと、それがはっきりするらしい。

ちょっと高価な物を買うか買わないか、顔見世興行は三座をどの順に観《み》るか、町内の催しに寄付をいくらするかなどの場合、考えがちがうことは当然あるだろう。すると房右衛門は自分の意見を一度は言うものの、結局はハルの考えを受け容《うい》れてしまうらしい。そんな噂《うわさ》を耳にしていたので、となると婿養子だからにちがいないと、信吾は思いこんでしまったのである。

「房吉さんと呼ばれていたころのあの人は、ハルさんに惚《ほ》れて惚れて惚れ抜いたらしくてね。日参して父親を説き伏せ、ようやくのことで嫁さんにもらったそうだ。ハルさんがそれを鼻にかけるような女だったら、房右衛門さんも気が変わったかもしれない。ところがそんなことは曖気《おくび》にも出さず、ひたすら尽くしてくれる。惚れた弱みもあってどうしてもとなると、房右衛門さんは折れざるを得ないいんじゃないかな」

「だけどハルさんが嬶天下《かかあでんか》で房右衛門さんをお尻に敷いているなんて噂、聞いたことはありませんよ」

「尻じゃなくてお尻に敷くってのがいかにも波乃らしいけど、ハルさんは利口な人だからそんな素振りは微塵《みじん》も見せる訳がない。房右衛門さんをよくできた旦那さまだと奉っているから、ハルさんが牙を剝《む》くのは二人きりのときにかぎられているのさ」

「まるで見て来たようにおっしゃるのね」

「万が一牙を剝くことがあるとすれば、それしか考えられないもの」

「でしたら、わかります」

「大抵の男は所帯を持って何年かすると、浮いた噂の一つや二つはあるものだが、房右衛門さんに関してはまるで耳にしたことがなくてね」

「そこまでぞっこん惚れ抜いたなら、ほかの女《ひと》に目が移る訳がないと思いますよ」

「それだけ、ハルさんが魅力的ということだろうな」と、そこで信吾は間を取った。

「実は艶っぽい噂がまるで立たないという点で、房右衛門さんにそっくりな人がいてね」

「信吾さんのご存じの人なの」

「もちろん。波乃だって知っているよ」

それだけでわかってしまったようだ。

「あッ、それ以上言わないで。あたし、笑ってしまうから」

「だったら、なんとしても笑わせたいね。ここしばらく箍《たが》の外れたような、波乃にしかできない馬鹿笑いを聞いていないもの」

「だからって、急に言われても馬鹿笑いなんてできませんよ。あたし、それほど器用じゃないですから」

「笑いは器用不器用の問題じゃないと思うけどね。それにしても波乃は鋭い。だけど、なぜわかったんだい」

「信吾さん、うれしそうな顔をなさって、鼻がピクリと動いたんですもの」

「鼻がピクリなんて、波の上とおなじに扱わないでくれよ」

「世間広しと言えど、わたくし信吾のほかにそんな人がいる訳がございません、と顔が威張っていました」

「この顔が主人を裏切って」と信吾は頬を叩《たた》いて、派手な音を立てた。「そんな男は信吾しかいませんよと言ったのか。顔にさえ裏切られたとなると、わたしは相談屋としてまだまだ未熟なんだなあ」

「でも、驚きだわ。ハルさんがご主人を引っ掻いて顔に三本もの傷跡を残したとなると、よほど堪《こら》えかねたのでしょうね」

「それも自分たち、ハルさんと房右衛門さんのことじゃなくて、面倒を見ている店子のことだから、呆れるしかないよ」

そんな前置きがあって、信吾は房右衛門から聞いた一件を波乃に話したのである。

黙って聞いていた波乃が言った。

「自分のことでなくたって、ハルさんが怒り狂うのは当たりまえでしょう」

「えッ、どういうことだい」

「女の人には、たとえそれが自分の女房であろうと、面と向かって言ってはならないことがありますから」

それが顔、容貌のことだとは、保助と富美の遣り取りからもわかる。信吾としては、以後は十分に気を付けなければならないということだ。

「だけどいくら怒り狂うと言ったって、あのおとなしいハルさんが、ご亭主の顔に三本の傷を付けるだろうか」

「そのことについては、房右衛門さんはなにもおっしゃらなかったのでしょう」

お多福の面のほかには聞いていないので、信吾は「ああ」と言うしかない。

「きっと房右衛門さんが、触れてはならないなにかに触れてしまったからだわ」

「触れてはならないなにかって」

「わかりません。あたしにわかるようなことではないと、思いますけれど」

「となると、なんとしても知りたいね」

「知らぬが仏と言いますよ」

そのとき懐で微《かす》かな音がしたような気がして、信吾は思わず右手を差し入れた。紙片が指先に触れた。

「おっと、忘れていた」

引き出すと波乃が怪訝《けげん》な顔になったので、信吾は訳を話した。

「朝、将棋会所の伝言箱に入っていたんだ。相談事じゃないので、どうせだれかの悪戯《いたずら》だろうと思ってね」

ブン廻しをするし、常吉に棒術を教えなければならないので、懐に捻《ね》じこんでおいたのである。折り畳んであった紙片を拡《ひろ》げて、信吾は波乃に見せた。

そこにはこう書かれていた。

知らぬがホトケ

「なんですか、知らぬがホトケって。相談事でないなら、なぜ入れたのかしら。ちょっと変ですね」

波乃が「知らぬが仏と言いますよ」と語ったあとだけに、なんとも奇妙でならない。波乃の言葉に呼応して、懐に捻じこんでいた紙片が自分を主張したのだろうか。書かれたのが先で波乃はそれを知らなかったのだから、考えるまでもなく、そんな馬鹿なことがあろうはずがない。

「心当たりはないのですか」

「まるっきりね。どういうつもりで伝言箱に入れたのか、訳がわからない」

仏がホトケと片仮名になっているのも、意味があるといえばありそうだが、いくらなんでもそれは考えすぎだろう。

「昼間、わたしは将棋会所にいるから、相談したくてもほかのお客さんの手前もあって、声を掛け辛い人もいると思う。そんな人や、朝早くとか夜しか時間を作れない人が、連絡できるようにと伝言箱を設けたんだけれどね」

「相談や連絡以外の紙が、入れられていたことはありましたか」

「ない訳ではない」

「例えば」

「おまえの母ちゃんデベソなんてのは、近所の子供がおもしろがって入れたのかもしれない。大人だとしても悪戯だとわかるけど」

「知らぬがホトケ、ですものね」

「どうせだれかが、冗談半分に投げ入れたんだと思う」

「なにがおもしろくて、つまらない悪戯をするのかしら」

「それは本人に訊かなければわからない」

「一度お会いして話したいですねって書いて、信吾さんの伝言を箱に入れておいたら」

「その人は鍵を持っていないから、箱を開けられないので見ることができない」

「だったら、そう書いた紙を箱に貼り付けておいたらいいでしょう」

「知らぬがホトケの伝言をくださった方にお伝えします。話したきことがありますので、至急連絡をお願しますって書くのかい。知らない人が見たら一体なんて思うだろうな。伝言を入れようとしてそれを読んだ人が、変に思ってそのまま帰ってしまうかもしれない。それにどうしても言いたいこと、訴えたいことがあるなら、第二信があるはずだ。相談事でないとしてもね。ま、気にするほどのことはないと思うけど」

茶を喫してから将棋会所に顔を出したが、特に変わったこともなかった。伝言箱は厳密にではないが、朝夕の六ツごろと昼の九ツ（十二時）に確認するようにしている。浅草寺弁天山《せんそうじべんてんやま》の時の鐘が九ツを告げたので伝言箱を開けてみたが、相談事も含めて紙片は入っていなかった。

いつもは食べに帰る房右衛門が、珍しく常吉に店屋物を頼んでいた。となると、さらにこじれはしないだろうかと気になる。

夫に対して取った態度はさすがに良くなかったと反省したハルが、謝らなければならないと、房右衛門が食べに帰るのを待っているかもしれないのだ。なのに帰らなければ、気を悪くすることは目に見えている。

もしかすると頰の引っ搔き傷が想像以上に深刻なのかと思ったが、信吾は深くは穿鑿しないことにした。勝手に気を揉《も》んでも意味がないからだ。

午後も特に変わったことはなく、暮六ツの鐘を聞いて伝言箱を見たが、やはりなにも入っていなかった。

三

翌朝、鎖双棍のブン廻しを始めるまえに覗《のぞ》くと、会所側の伝言箱に紙片が入れられていたが、字体は前日とおなじであった。文も簡潔ではあるものの、なにを伝えたいか不明であることに変わりはない。

イワシの頭も信心から

「なんだ、これは」

信吾は思わず声に出してしまった。

ただの悪戯か、それともなにか言いたいことがあるのか。まるで判断がつかなかった。前日の「知らぬがホトケ」と関係があるのだろうが、考えても無意味だとわかっているので、頭から追い払おうとした。

伝言を締め出すと、入れ替わるように房右衛門のことが頭を占めた。意地を張った訳ではないだろうが、房右衛門は昼食に帰らなかった。そのために夫婦のあいだがこじれて、新しい引っ掻き傷を作ったかもしれないのである。

左頰の古傷の上に、新しい三本の筋が生々しく描かれているのだろうか。それとも釣りあいを取るために、右頰に付けられたことも考えられる。もっとも頭に血がのぼれば、釣りあいを考える余裕があるとは思えないが。

そうなればみっともなくて、会所に顔を出せないという気がしないでもない。それにしても、自分はどうでもいいことに拘《こだわ》りすぎではないだろうかと信吾は苦笑した。

その日、房右衛門は姿を見せなかったが、連日通っている訳ではないし、終日いることはむしろ稀であった。

本人は指したくても、客があったり用ができたりで、だれかが呼びに来ることがあるからだ。商売はやっていなくても、町役人で町の世話役でもあるのでなにかと多忙らしい。何日も置いて顔を出すこともあれば、来ても一刻《いつとき》（約二時間）くらいで引き揚げることもあった。

将棋は幅広い趣味の一つにすぎない房右衛門にすれば、当然のことかもしれない。ただ前日のことがあっただけに、信吾は気懸かりだったのだ。

波乃も特に、房右衛門について訊くことはしなかった。なにかあれば信吾が話すのが、わかっているからである。

ところが翌日もその翌日も姿を見せないとなると、なぜか気になってしまう。

気に掛かることはもう一つあった。いかにも意味ありげな伝言箱への紙片が、例の二枚だけで途絶えたからである。房右衛門も伝言も相手次第だから、気を揉んでも仕方ないのはわかっていた。でありながら、どうにも気になってしまう。

もっとも信吾にしても、常に念頭に置いている訳ではない。

二枚目の「イワシの頭」の紙片が入っていた日、信吾の噂を耳にしたからと言って、対局を申し入れた新しい客があった。朝の五ツ半（九時）ごろにやって来たが、話を聞くと狂歌の宗匠である柳風《りゅうふう》の好敵手とのことである。

柳風とは互角に指すそうだが、その柳風が将棋会所「駒形」の信吾には手も足も出なかったと言ったらしい。であればなんとしても信吾を負かして、柳風の鼻を明かしてやろうと思い、勇んでやって来たとのことである。

そう打ち明けて挑んだくらいだから、相当な力量の持ち主であった。柳風の名を聞いただけで、甚兵衛《じんべえ》や桝屋良作《ますやりょうさく》など常連の強豪が盤を取り巻いて見学に及んだ。

かなりの接戦で信吾が勝利すると、相手はよほど口惜《くや》しかったらしい。

常連たちといっしょに対戦の検討をしていたとき、常吉が客たちに店屋物の註文《ちゅうもん》を取り始めた。

「小僧さん、わたしにも蕎麦《そば》を頼んでくれませんか」

常吉にそう言ってから、相手は信吾に挑んだのである。

「席亭さん。昼飯を喰ったら、もう一番願えませんかね。とは言っても、無理強いはしませんが」

　信吾が断れば柳風に、「二戦目を挑んだら、なぜか席亭さんは逃げましてね」とでも言うつもりだろう。そう思いたくなるような口調であったが、相手もそれがわかっていて言ったと考えられなくもなかった。

　もちろん信吾は受けたが、予定が入っていなかったというだけではない。意表を衝《つ》く戦法を繰り出す相手の戦い方が、とても新鮮に感じられたからであった。かと言って席亭から持ち掛けるのもどうかと、躊躇《ちゅうちょ》していたところだったので、渡りに船である。

　信吾は仕事として、常連客の強豪と手合わせをすることがあった。いかに新しい趣向を考え、奇を衒《てら》ったとしても、相手の戦法を知悉《ちしつ》している信吾には、そのねらいが読めてしまう。だから新鮮さや驚きを感じることは、ほとんどと言っていいほどなかった。それだけに、異質の指し手は刺激が強かったのである。

　信吾が相手の挑戦を受けたのを知って、甚兵衛と桝屋良作は顔を見あわせて笑いを浮かべた。

「お客さんは、柳風さんと席亭さんの勝負についてては、お聞きになられたのでしょう」

　甚兵衛がそう訊くと、相手はなにが言いたいのだという顔をしたものの、おだやかに答えた。

「もちろん。だからこそ、対局をお願いする気になったのですから」

「いまだに語《かた》り種《ぐさ》になっているほどの名勝負でしたが、僅差で席亭さんの勝ちとなりました」

「柳風さんからは、完敗だったと伺っておりますが」

「席亭さんはどなたと対局されても、常に接戦を凌《しの》いで辛勝されます」

甚兵衛は淡々と言ったのだが、歴戦の将棋指しであれば意図を読み取らないはずがない。

「席亭が手抜きをされたと、おっしゃりたいのではないでしょうね」

「とんでもない。常に全力を出し切らねば、相手に対して礼を失することになる、が席亭さんの口癖ですから」

「将棋指しとすれば当然のことでしょうが、だとしますとそちらさまは、なにを申されたいのでしょう」

「てまえは身の程知らずにも、席亭さんに対局を申し入れまして」

甚兵衛の話し方をもどかしく感じたのだろう、相手は皮肉っぽく言った。

「勝たれましたか」

「僅差で」

柳風の好敵手を自任している者としては、看過できることではなかったのだろう。相手は席亭の信吾以外に対して、初めて真顔を見せた。ところが甚兵衛は惚《とぼ》けた顔で続けた。

「僅差でしたが、……敗れました」

盤側に集まって観戦していた常連たちは、初めての客をまえに笑う訳にいかず、だれもが苦笑を堪えながら困ったような顔になった。「ですが、次は勝てるとの自信がありましたから、再度挑みまして」

「勝たれましたか」

「僅差で」と、間を置くことなく甚兵衛は言った。「敗れました」

常連たちも今度は噴き出してしまい、相手も思わずというふうに苦笑した。

「紙一重、いやもっとわずかな差だと確信したものですから、懲りずに三度《みたび》勝負を仕掛けましてございます」

「紙一重の差で負けましたか」

新顔のひと言で場はすっかり和んだ。

「おっしゃるとおりで、普通なら三度おなじことを繰り返せば察するはずですが、てまえは愚かでした。四度、五度と懲りずに挑みまして」

「五戦全敗を喫したのですね」

「いえ、さらに二戦して、七戦すべて敗《ま》けました。ですからあなたさまも、先ほどは際どい勝負となりましたが」

家に食べに帰った客も、飯屋や蕎麦屋に出掛けた客も、いつもより早く帰ったのは、信吾と千足の第二戦を見逃したくなかったからだろう。

結局、信吾と千足は三局を指した。

信吾が第二戦を制すると、ためらうことなく千足が第三戦を挑んだからである。信吾の全勝であった。

「甚兵衛さんのおっしゃった、席亭さんは常に僅差で辛勝の意味が実感できましたよ」

千足は席料と三局の対局料を払って、満足して帰って行った。「また来ますから。なに、いつか必ず」と言い残して。

四

相談屋の仕事は問題が多岐に亘《わた》っている。相手の事情や悩みの実態、また解決のために必要な時間、危険のあるなしとその度合い、内容に見合う報酬が得られるかどうかなど、さまざまな事情が絡んでいるからだ。

根本にあるのは待つ、つまり待機する、あるいはせねばならぬことであった。

そもそもが、相談客からの声掛かりを待つことから始まる。客が来なくては仕事にならない。「なにか悩み事はないですかね」と、註文を取って廻る訳にはいかないからだ。

昼間、併設している将棋会所に相談客が来ることは、よほどの緊急事態でないかぎりは考えられなかった。なぜなら悩みを抱えて困惑していることを、会所の客に知られることを避けるためである。

その意味で相談屋は質屋と共通している点が多く、なにかと工夫が施されていることでも似通っていなくない。質屋の出入口は表だけでなく裏や横手にもあるし、塀や垣根、路地などが巧みに配されて、人の目に触れることなく出入りできるようになっている。

質屋には金に困ったとか急遽《きゅうきょ》必要になった人が訪れるが、相談屋は質屋ほど困窮の原因が限定されてはいない。だが悩んだ末に頼ることはおなじである。

波乃といっしょになってから隣家に移ってそちらを母屋にしたが、それまでは相談屋に将棋会所を併設していた。それもあって客は夜になって密《ひそ》かに訪れたし、伝言箱を設置してからは、ほとんどの人がそちらを利用するようになった。

相談客の多くが日時と場所を指定した紙片を伝言箱に入れる。場所は料理屋や飲み屋が多いが、寺社の境内を指定する者もいた。現れるのは本人より代理人の場合が多く、料理屋の女将《おかみ》や飲み屋のあるじが繋ぎ役になることも珍しくない。

相談者本人から、住まいや見世に来るように指定されたことはなかった。

相談料をもらったからいいようなものの、代理人とのみ接触し、本人には一度も会わなかったことすらあった。かと思うと、代理人を名乗った男とすべての話を進めて悩み

れられていた。

文面はこうだ。

ヨタカハアサガタカタガツク

「なんだ、これは」

信吾が思わずそう唸《うな》ったのは、二枚目の「イワシの頭も信心から」のとき以来二度目であった。それまでは二回とも、ねらいは不明でも文の意味はわかったのである。ところが今回は、切れ目なく片仮名が綴《つづ》られていて、まるで暗号としか思えなかった。

なにかの言葉遊びか語呂合わせか、とそんな気がしたのは、タカハ……ガタカタガなどとよく似た読みが続いていたからだ。

だが見直すとタカが二つあるが、似通ったのはガタにカタ、タカにタガしかない。濁音と清音を区別すれば、おなじ語句はタカだけだが、片仮名の一行書きでタカ、ガタ、タカ、カタ、タガとあるので、ちりばめられているように感じたのだろう。

もっとも信吾が勝手に二字を一組にまとめただけで、なんの根拠もありはしない。あるいはと思って逆に並べ直すと、「クツガタカタガサアハカタヨ」となる。カタが二つあるが、あとはガタとカタ、タカとタガで、逆にするまえとさほどちがいはしなかった。もちろん意味も通じない。

であればと一字置きや二字置きにしてみたが、意味が通じない。一字目から一字置きだと「ヨカアガカガク」で、二字目からをおなじように続けると「タハサタタツ」で、二字置きで並べ替えても大差ない。

「あれッ、なんだ」

ヨタカは夜鷹《よたか》らしいと気が付いて、信吾は自分の思いこみに呆れてしまった。一目見て暗号のように感じたこともあって、気持が一気にそちらに傾いたらしい。

片仮名の一字一字に気を取られていたので、そんな簡単なことがわからなかったのである。となるとアサガタは朝方、カタガツクは片が付く、ということだろう。

「夜鷹は朝方片が付く」となって意味も通じる。どうにも厭《いや》な内容だが、そう単純ではないかもしれないと思い直す。ではなにを伝えたいのかとなると、曖昧と言うしかない。ただ相手が信吾に、自分の言いたいことはちゃんと通じたと思っているかもしれず、となるといささか厄介である。

その朝、信吾は木刀の素振りはやらず、鎖双棍のブン廻しだけに集中した。鋼の鎖の繋ぎ目を見る鍛錬だが、最近は始めたころに比べると、相当に早く廻しても見えるようになっている。

だが集中できなかった。

われに返ると、いつの間にか早く廻しすぎて、ひゅんひゅんと音を立てて空を切る鎖が、白っぽい一枚の円盤にしか見えなくなって、繋ぎ目を見るどころではない。そのために何度も廻す速度を加減したが、気が付くと円盤に見えることの繰り返しであった。紙片に書かれた「夜鷹は朝方片が付く」が、頭から離れようとしないためである。

ブン廻しを終えると、常吉が棒術の連続技を鍛錬するのを指導した。

ふと気が付くと、常吉が棒を持ったまま困惑したように信吾を見ていた。定まらぬ視線でぼんやりしていたらしい。そこまで集中力を欠いては、鍛錬にも指導にもならないので切りあげるしかなかった。

「よし、それまで」

「ありがとうございました」

庭に盥を出して体を拭き浄めていると、食事の準備ができたと波乃が伝えた。

なんとなく変だと思ったらしく、波乃も常吉も話し掛けようとしなかった。三人は黙々と食べたのである。

食事を終えた常吉は、番犬「波の上」の餌を入れた皿を持って将棋会所にもどった。

相談事と繋がるとは思えなかったが、それまでのこともあるし、信吾は波乃に新しい紙片を見せた。片仮名の一行について信吾が説明するまえに、波乃が溜息《ためいき》を吐《つ》いた。

「気の滅入《めい》る伝言ですね」

「と言ってこれだけでは動くに動けず、手の打ちようもない」

「三枚になりましたね。続きがあるかどうかわかりませんが、待つしかないでしょう」

考えることは波乃もおなじだったようだ。

九ツにも夕刻の六ツにも信吾は伝言箱をたしかめたが、なにも入ってはいなかった。

夕食後の話題は、どうしてもそのことになってしまう。

「どういうやつが入れているのか、見張っていて、とっ捕まえてやりたいね」

「でもそういう人なら、見張っていることに気付きますよ。気付けば伝言箱に近付かないでしょうね。それにいつ来るかわからないのですよ。徹夜で見張っていて来なかったらまるでむだですし、次の日のお仕事に障りかねません」

寝不足なのに不意の客に対局を挑まれたら、不覚を取りかねない。そんな失態を仕出かしては、常連客たちの信頼を損ねてしまうだろう。

「一晩中、藪蚊《やぶか》に喰われながら見張っていて来なかったら、目も当てられないものなあ」

「それに、どちらを見張るつもりですか、信吾さんは」

なにを言われたのかと思ったが、波乃は信吾より冷静であった。

「そうか。体は一つしかなかったんだ。つい忘れていたよ」

笑わそうとしたが不発に終わり、波乃は苦笑もしなかった。

相談客が都合のいいほうに入れられるよう、将棋会所と母屋の、両方の出入口に伝言箱を取り付けていた。一つの体で同時に、離れた二箇所を見張ることはできない。

「向こうがなにか企んでいるとしたら、伝言があると思いますから、気楽に待つしかないのではないですか」

「待てよ」

「どうなさったの」

思わずおおきな声を出したので、波乃は驚いて目を丸くした。

「ちょっとしたことを思い付いたんだ」

言われた波乃が目を輝かせたのは、よほどいい考えだと思ったからだろう。

五

「伝言箱の口は狭いから、内側に鈴を取り付けておけば紙を入れたら鳴るじゃないか」

波乃の目が一瞬にして輝きを失うのが、見ていてもわかるほどだった。

「鳴ったら飛び出すのですか」

母屋も将棋会所も、箱は出入口近くに設けてある。鈴が鳴ったとしてもすぐには出られないし、会所に入るには庭を仕切る生垣に取り付けられた柴折戸《しおりど》を押してからなので、かなり時間を取られてしまう。

「とっちめるまえに、逃げられてしまうか」

「それより音が聞こえないでしょう。大黒柱の合図の鈴は近くだし、紐《ひも》を強く引くので聞こえますけど」

「伝言箱に紙を差し入れるくらいじゃ、鳴らないし、鳴っても聞こえないだろうな」

「それだけじゃありません。まじめに相談事を頼みたい人が、伝言を入れようとして鈴が鳴ったら、驚くでしょうし、気味悪がって入れずに帰るかもしれませんよ」

困っている人や迷っている人の悩みを解消してあげたいと、相談屋を始めたし伝言箱を取り付けたのである。入れずに帰られては、まるで意味がなくなってしまう。

「伝言箱を取り付けたときには良い案だと思ったが、こういうときには意外と不便だな」

「あッ、先ほどの見張りですけど」

「だから、問題が多すぎる」

「信吾さんが見張るとなればね」

「常吉にやらせる訳にいかないよ」

「ぴったりの人がいるじゃないですか。あ、人じゃなかった」

人じゃないと言われてピンと来たが、生き物と話せる信吾といっしょになってからというもの、波乃は人と生き物の区別をしなくなっていた。

「信吾さんや常吉より、よっぽど役に立つと思いますけど」

「そうか。いいことに気付いてくれた。だったらなにか、菓子とか饅頭《まんじゅう》はあるかい。残り物でもかまわないよ」

「あら、どういうことですか」

「頼み事をするのだ。手ぶらでは行けないだろう」

日に何度も顔を見ていながら、信吾はすっかり忘れていたのである。見張り役にもっともふさわしく、頼りになるやつを。

将棋会所で寝起きするようになった常吉が、一人では用心が悪いからと、仔犬《こいぬ》のときから育てている番犬がいる。その名は「波の上」。常吉がなにより好きな鰻重《うなじゅう》の上中並の中、つまり並の上に因んで信吾が名付けたのだった。

この犬は将棋会所の客には絶対に吠えず、顔を見あげて尻尾を振る。そのため可愛《かわい》がられ、頭を撫でられたり食べ物をもらったりしていた。

もっともそれは仔犬時代に、信吾がよく言い聞かせたためである。

――いいか、波の上。やたらと吠え付く犬は弱い犬だぞ。「弱い犬ほどよく吠える」とか「負け犬の遠吠え」と言うだろう。本当に強い犬はな、やたらと吠え掛かったりしないものなのだ。

——それくらい、言われなくてもわかっているさ。人を見分けろってんだろう。将棋客とかいつも見掛けているやつらには、おれは吠えないよ。

——それがいい。うまく行けば、うまい物をもらえるかもしれんからな。

——わかってるって。二日か三日置きにやって来る、口うるさい婆《ばば》ぁにも吠えないようにしてるじゃないか。

一瞬、だれかと思ったが、どうやら祖母の咲江《さきえ》のことらしい。しかし、信吾はそれには触れず、咎《とが》めはしなかった。波の上は仔犬のころからけっこう生意気だったのである。

——怪しいやつがいても吠えずに、せいぜい唸るくらいにしておくのだ。それでも退散しなければ、黙って近付いてふくらはぎとか向こうずねに咬《か》み付《つ》くんだ。わかったか。

ワン、と一声だけ波の上は吠えた。

——よろしい。波の上は江戸一番とは言わないが、まちがいなく浅草一の名犬になれるだろう。

以来、波の上は将棋客には吠え掛からなかった。そればかりか棒手振《ぼてふ》りの小商人《こあきんど》や、町方の者に対しても吠えたり牙を剝いたりはしなかった。

岡っ引の権六《ごんろく》はマムシの渾名《あだな》、鬼瓦の異名を持つくらいだから、相当な悪人面である。だが波の上は権六だけでなく、その手下にも吠え付いたことはない。

教えたことをちゃんと守っていたので、信吾は伝言箱に紙片を入れる男を、波の上に監視させようと思ったのである。夜明けまでの暗いうちに入れに来るのだから、だれが考えたって女であろうはずがない。波の上は昼間、土間や庭の片隅で眠っていることが多いので、夜中に見張るには打って付けである。

日が暮れてから夜が明けるまでに伝言箱に紙片を入れる者がいれば、対処させることにしたのである。一声吠えて報《しら》せるなり、ふくらはぎに咬み付かせようと考えたのだ。だがそこで信吾は、おおきな問題があるのに気付いた。相談客とそうでない者を、どう見分ければいいかということである。

その男が会所の客や顔見知りであれば、波の上は吠えも咬み付きもしないはずだ。それなのに翌朝、信吾は伝言箱に例の紙片を見出《みいだ》すこととなる。

もっともその場合には、投げ入れた者の範囲がかぎられるので、対象を狭めることができる。となれば、特定はそれほど難しくないだろう。

母屋と会所の境の柴折戸を押して会所側の庭に入ると、気配を察した波の上が尻尾を振りながら信吾を見あげていた。

それにしても立派な若犬に育ったものだ。

もらってきたときはやっと乳離れしたばかりで、歩くのもおぼつかなかった。足をもつれさせて、転びそうになることもたびたびだったのである。

体色は明るい茶で、背は濃いが腹のほうに移るにつれて次第に薄まり、腹はほとんど白に近かった。足も先のほうは色が薄くなり、踝から爪先に掛けては白足袋を履いたようであった。尻尾も先に行くと薄まって、先端は真っ白である。顔もおなじように次第に薄くなり、その先にはいつも湿っている、皺《しわ》だらけの真っ黒い鼻が据わっていた。

明るい茶だった体色は成長するにつれて色が濃くなり、一年半以上経った今では艶のある栗色《くりいろ》になっていた。

――波の上に相談と言うか、頼みごとがあるのだが。

――それはいいが、だったら先にしなけりゃならんことがあるんじゃないのか。

月明りでもわかるくらい、波の上が鼻を蠢《うごめ》かせた。

――いけない。うっかりしていた。

信吾は懐に入れていたヨモギ餅を取り出して、波の上に与えた。食べ終わるのを待つつもりだったが、波の上はあっと言う間に平らげるというか呑みこんでしまった。しかも頻《しき》りに舌なめずりをして、まだいくらでも食べられるという顔をしている。

犬は人とは比べ物にならないほど鼻がいいので、信吾が用意したものがあった。それは「知らぬがホトケ」と「イワシの頭も信心から」、そして「ヨタカハアサガタカタガツク」と書かれた、三枚の紙片である。信吾はそれを懐から取り出すと、順に波の上のまえに並べて匂いを嗅がせた。

――わたしと波乃の匂いがするはずだが、波の上ならわかるだろう。

――信吾は濃いが、波乃さんは薄いな。

さすがに犬の嗅覚は鋭い。信吾は何度も触れているが、波乃は受け取ると読んですぐに返した。そのちがいさえ波の上にはわかるということだ。

信吾を呼び捨て、波乃に「さん」を付けて呼ぶのは癪《しゃく》だが、常吉が持ち帰る餌の皿を用意するのが、波乃だとわかっているから仕方がない。

――二人以外の匂いもしただろう。

――何人かの匂いが付いているが、三つ全部に付いているのは信吾と波乃さんだ。ほかのやつらの匂いも付いているけれど、嗅ぎわけることはできるぜ。

となると期待できる。男が紙片を伝言箱に入れに来たときに、あるいはたまたま通り掛かったときなどに嗅いだ匂いを、波の上は記憶しているということだ。まさか将棋客や顔見知りではないだろうが。

信吾はさりげなく念を押した。

――名犬「波の上」のことだ、次に嗅いだらわかるな。

――当たりまえだ。

信吾は将棋会所の伝言箱の傍《そば》へ、波の上を連れて行った。将棋の駒の形をした板に「駒形」、その下に「めおと相談屋」と書かれた、二枚の看板がさげられている。さらに下に伝言箱が取り付けられていた。

――一番下にあるのを伝言箱と言う。

――おなじ物が母屋にもあるな。

――さすがは名犬の評判の高い、波の上だけのことはある。

――褒めたってなにも出ないぜ。名犬を並べたのは、下心があるからだろう。

波の上の厭味には気付かぬふりで、信吾は用件に入った。

――これまでは全部こっちに入っていたが、母屋のほうに入れるかもしれない。となると気が付かないかもしれんな。

――人通りのある昼間ならともかく、夜なら心配なかろう。

――しかし、ちょっと距離がある。会所と母屋の境の生垣辺りに居れば、両方とも聞こえるだろう。夜中は柴折戸を開けておくよ。

――頭で押し開けられるから、その心配はいらんぜ。

――わかった。いずれにせよ、夜中にどちらかの伝言箱に紙を入れるやつがいるはずだ。この三枚に匂いが付いたやつが入れようとしたら、一声吠えて報せてほしい。もちろん、それなりの礼はする。

――吠えるだけでいいのか。

――ああ、吠えるだけでいいが、唸りながら牙を剝き、鼻の頭に皺を寄せて、そいつを逃がさないでくれたらもっといい。もし逃げようとしたら、ふくらはぎか向こうずねくらいなら咬み付いたってかまわないが。

――咬み付くことになるだろうな。

――いやに自信たっぷりじゃないか。

――なぜって、一声吠えたくらいじゃ信吾は気が付かず、目を醒《さ》まさない。特にあのあと、となるとな。

波の上はいかにも意味ありげに言った。信吾は仕方がないので、言われたことがわからぬという振りをする。

――あのあとって。

――全部まで言わせるなよ。わかっているくせに。夜になって夫婦がすることは、決まってらあな。

そこまで生意気な口を叩かれても、頼みごとをしている関係で叱りはしない。

――多分、今晩か明日の晩にはそいつが来ると思うよ。もっと先になるかも知らんが、まちがいなく来るはずだ。いつ来ても、波の上なら安心して任せられるってことだな。

――その代わりと言っちゃなんだが、ちったぁ色を付けろよな。

――色を付けるって、どういうことだ。

――一晩に付き大福餅一つで、手を打とうじゃないか。夜通し見張っていてもそいつが来なきゃ、ただ働きになってしまう。見返りがあるとないでは、どうしても気持のほうが。

——まあ、しょうがないか。

心の裡《うち》ではお安い御用だと思いながら、信吾は仕方ないという顔をした。

——唸るなり咬み付くなりしてそいつを逃がさなきゃ、大福餅を三つ上乗せするってのはどうだい。

——いくらなんでも、阿漕《あこぎ》すぎやしないか。人の足もとを見るようなことは、波の上にはしてもらいたくないな。

——だったら構わないんだぜ。おれだって寝ずの番は辛い。できるならゆっくり眠りたいからよ。

——犬は飼い主に似ると言う。常吉はすなおなのに、波の上はなんでそんなに計算高くなったのだ。

——よせやい。飼い主は信吾じゃないか。ほんで波乃さんが飯の係。

——だったら常吉は。

——あいつは、おれを世話する役だろ。

犬は飼い主に似ると言ったばかりに、信吾はまんまと波の上に言い負かされてしまったのである。

——わかった。大福餅三つ上乗せで手を打とう。

信吾はあれこれ考えて、最善の処置を取ったつもりであった。

ところがその夜も、次の夜も、さらにその次の夜も、波の上が吠えることはなかった。

そして伝言箱に問題の、つまり一行書きの紙片は入っていなかったのである。

約束を守らなければいざというときに働いてもらえないので、信吾は波の上が吠えなくても、毎日大福餅を一つずつ与えた。

六

相手が波の上で品が大福餅だからいいが、これが人ならとてもそんな安上がりではすまなかっただろう。

信吾が波の上に、六個目の大福餅を与えた次の日の昼すぎであった。慌ただしく下駄《げた》音をさせて格子戸を開けたのは、両国《りようごく》から通って来る茂十《もじゆう》であった。

「むごいことをするやつがいるもんだなあ。夜明けまで客を引いていたのは、客が付かなかったってことだろう。そんな夜鷹を斬り殺したってんだから、おもしろがってかむしゃくしゃしたことがあったからかは知らんが、人のすることじゃないよな」

憤慨のあまりだろうが、茂十は六畳間に瓦版を投げ出した。客たちが周りから覗きこんであれこれと喋《しゃべ》り始め、たちまち大騒ぎとなった。

信吾は全身から血の気が退《ひ》いて顔面が強張《こわば》り、蒼白《そうはく》になるのをどうしようもなかった。だが将棋客たちは瓦版に気を取られていたので、気付かれずにすんだのである。

深い呼吸を二度、三度と繰り返してから、信吾は客たちの背後から瓦版を覗きこんだ。

夜明け直前の柳原土手《やなぎわらどて》で、夜鷹が惨殺されたとの見出しが飛びこんで来た。

神田川《かんだがわ》が大川《おおかわ》に流れこむ河口近くに柳橋《やなぎばし》が架けられ、その少し上流には浅草橋と浅草御門がある。そこからさらに上流の筋違《すじかい》御門までの右岸、つまり神田川の南岸には土手が築かれ、柳が植えられて並木になっていた。

土手道と下を走る柳原通りには、古着を扱う床見世《とこみせ》が出て昼間はたいへんな賑《にぎ》わいを見せる。そこで商われる古着は、「柳原物」として知られていた。しかし古着屋は日暮れまえに引き揚げるので、陽《ひ》が落ちればひっそり閑とし、夜が更けると辻斬《つじぎ》りが出ることもある物騒な地となる。

そしてそこは、夜鷹と呼ばれる最下級の娼婦が出没することでも知られていた。被《かぶ》った手拭の端をくわえ、捲《ま》いた茣蓙《ござ》か筵《むしろ》を抱えて、柳原通りや土手道を通る男に声を掛けて誘うのである。

客が付かぬため、次々と条件の悪い岡場所に売られた遊女や飯盛女の、成れの果てが夜鷹であった。四十代が若手と呼ばれるほどで、六十代はおろか七十代までいるそうだ。

信じられぬというよりも、そのこと自体に驚かされる。だから厚化粧をしても顔がはっきり見えないような暗がりでなければ、仕事にならないのだろう。

よく知られた川柳に、「客二ツつぶして夜鷹三ツ喰い」がある。

夜鷹は別名が六枚で、これは波銭（四文銭）六枚という意味であった。つまり二十四文で客を取っていたので、客二人で四十八文の計算だ。三ツ喰いの三ツは掛け蕎麦三杯で、一杯が十六文ゆえ三杯で四十八文となる。

客二人と寝ても蕎麦を三杯しか喰えないということだが、それでも夜になると薄暗い場所に立たねばならないのだから哀れと言うしかない。両国広小路《ひろこうじ》で瓦版を買って、拾い読みしながらやって来ただろう茂十の言ったことは、簡潔に夜鷹の哀れな境遇を表していた。

そのこと自体が心を痛ませるに十分だが、信吾にとってはべつの意味でまさに衝撃であった。伝言箱に入れられた紙片の「ヨタカハアサガタカタガツク」、つまり「夜鷹は朝方片が付く」に一致するからである。

伝言絡みでなんらかの進展はあるだろうと思ってはいたが、まさかこのような決着を迎えるとは、信吾は考えてもいなかった。いや決着であればまだしもだが、とてもこのまま収まりそうにない。

最初の「知らぬがホトケ」は冗談半分としか思えなかったし、「イワシの頭も信心から」もなにが言いたいのか不明であった。だれがなにを考えて、なにを伝えたいのか、判断できなかったのである。

三枚目の「ヨタカハアサガタカタガツク」は「夜鷹は朝方片が付く」だとわかったものの、だからなにを伝えたいのかは不明であった。「知らぬがホトケ」と「夜鷹は朝方片が付く」は関連があると言えなくもないが、牽強付会《こじつけ》でしかない気もする。

信吾はなにかの偶然とは考えられないだろうか、との思いに縋《すが》り付きたくなったが、その思いは直ちに打ち払った。いや、打ち払うしかなかったのだ。

伝言箱に紙片が入れられた数日後、それが書かれたとおりになった。夜鷹が朝方、何者かに斬り殺された、つまり片を付けられたのだ。

だれかが冗談半分に伝言箱に紙片を入れた。それとはなんの関わりもなく、柳原土手で夜鷹が殺された。どうかそのような偶然であってほしいと願うのだが、そんなことがあろうはずがないとの思いが胸の裡を占めてしまう。

信吾の願いを嘲笑《あざわら》うように、それはたちまち明らかになった。将棋客が競って瓦版を覗きこみ、黙読する者もいたが、何人かはべつべつに声に出して読んだ。そのため信吾は夜鷹が殺されたのが前夜の早い時刻でなく、まちがいなく朝方だと知ったのである。

死体発見の連絡を受けた町奉行所の同心は、検視役の同心を伴って柳原土手に駆け付けた。検視によると、夜鷹が殺されたのは夜の白々空け、おそらく七ツ半ごろで、多少ずれても前後半刻（約一時間）にはならぬとのことだ。

時間が経っておれば斬られた時刻の推定範囲は長くなるのだろうが、発見が早かったのでかなり正確にわかるのだろう。夏場の今頃であれば、血の固まり具合からしてそう判定せざるを得ないらしい。

瓦版を読み終わった者は、読み掛けていたりまだ読んでいない者と入れ替わった。

「それにしたって、夜が明けようってのに、まだ商売に励んでるのかい」

「そう言えば朝帰りの薄暗いときに、何度か声を掛けられたことがあったなあ」

「柳原土手でか」

「土手下の柳原通りだ。それに浜町《はまちょう》の永久橋《えいきゅうばし》や箱崎橋《はこざきばし》の袂《たもと》なんかでも、呼び止められたことがあった」

「浜町辺りの堀や河岸なら船饅頭《ふなまんじゅう》だろう」

「船饅頭ってなんだ」

「岸に浮かべた小舟に誘いこむ、夜鷹みたいなもんさ」

「しかし夜通しってことはないだろう。朝帰りの客を目当てに、早く起きて励んでんじゃないのか。前の夜からじゃ体がもたんよ」

「ともかく朝方に稼いでいるのが、あるいは朝まで稼いでいるのがいるってことだな」

「雨降り風間《かざま》病み患いって言うぜ」

「そりゃ、意味がちがうだろうが」

銘々が勝手なことを喋り出したので、その騒々しさったらない。

「よろしいかな、皆さま方」

普段はどちらかというと物静かな甚兵衛が、意外と思うほどおおきな声を発した。瓦版を読んでいた者も、自分の考えを声高に喋っていた者も、関係なく黙々と将棋を指していた者も、だれもが中断して一斉に甚兵衛を見たほどだ。

見られた甚兵衛が驚いたほどの反応であったが、老人はすぐにおだやかな笑いを浮かべた。甚兵衛の目は、喋っていた連中に向けられている。

「どうも、いつもの皆さまらしくありませんな。話は弾んでこれから佳境ってところですが、続きはまたの機会になされてはいかがでしょうかね」

そう言いながら甚兵衛は、客たちの目をさりげなくある方向に誘《いざな》った。うながされた連中はすぐに気が付いて、頭を掻いたり苦笑いを浮かべたりするしかない。

「いつもならこうなるまえに、席亭さんが注意されるのでしょうが、今日はなぜか考え事をなさっておりましたので、出すぎた真似《まね》をして失礼しました」

部屋の片隅で、ハツが太郎次郎と対局していたのである。十二歳の少女のいる所で夜鷹の話はさすがにまずいと、男たちは反省し、照れたような笑いを浮かべた。しかし勝負に熱中するハツの耳には、雑音は届いていなかったらしく、真剣な目が盤面を睨《にら》んで微動だにしない。

信吾はハツから甚兵衛に視線を移して微かな笑みを浮かべたが、そのときハツがぽつりとつぶやいた。

「夜鷹の話だったらね、あたし聞いていないから」

襖《ふすま》を開け放って一続きになった六畳と八畳の座敷であれば、どこにいても聞こえていない訳がないのだ。それなのにハツは、平然とそう言ったのである。まるで将棋以外には興味がないと言いたげで、これには大人たちのほうが顔を赤らめてしまった。

しかし信吾だけは心ここに有らずである。なにしろ人死《ひとじ》にが出てしまい、しかも伝言箱に入れられた紙片に書かれたとおりとなったのだ。箱を設けたのが信吾である以上、その男は信吾に伝えたかったからだとしか思えない。

三枚目の夜鷹に関する紙片を見て、信吾は相手が自分に言いたいことが通じたと思っているとしたら厄介だと思った。ところが危惧は的中して、これ見よがしとばかり、罪もない夜鷹が殺されてしまったのである。

それなのに信吾は、相手の考えていることやねらいがわからず、それどころか相手そのものにすら心当たりがない。これまでぼんやり感じていた不安が一気に具体的になり、頭を抱えたくなった。

瓦版では、夜鷹が殺されたことで町方が動き出したと伝えている。当然、権六もそれなりに調べを開始していると思われるが、紙片が入れられてからは将棋会所に姿を見せていなかった。あるいはべつの事件で多忙なのかもしれないが、そう遠くないうちに来ることはまちがいない。

だが信吾は今回のことについては、権六に話す訳にいかなかった。紙片が伝言箱に入れられたのだから、信吾が無関係と言う訳にはいかないのに、なに一つとしてわからない。だから話しようがないのである。

むしろ瓦版に書かれたことなどをもとに、信吾のほうから権六に訊き出すしかない。わずかなことであろうとわかれば儲《もう》けものだ、くらいの気持で対応するしかないのではないだろうか。

もし権六が伝言箱の紙片との絡みを知ったとしたら、やはりそのままにはできないだろう。しかし、隠したり誤魔化したりすれば、これまで築きあげてきた信頼関係が壊れてしまう。相談屋としては今後の仕事にも関わるので、それだけは避けねばならなかった。

どうにも悩ましいかぎりである。

七

「房右衛門さん、いらっしゃいませ」

常吉の声で出入口に目を遣ると、気になってならなかった人が信吾に笑顔を向けていた。

房右衛門は月極《つきぎ》めで払っているので、常吉は席料を受け取らない。席料は二十文だが、二十日分の四百文を前払いすれば出入りは自由であった。朝一番に一局指して仕事にもどり、八ツ半（三時）ごろにふたたびやって来てもう一番という客もいる。何度出入りしても二十日分ですむのだから、常連にとってはありがたいことだろう。

房右衛門は多くても月に十回も来ないが、いちいち払うのは煩わしいと月極めにしていた。そういう客はけっこう多い。

笑いを押し殺そうとしてもできぬらしい房右衛門の顔を見れば、心を悩ませていただろう妻ハルとの問題が、もっともいい形で解決を見たことが明らかであった。痛々しかった左頬の傷はほぼ癒えている。信吾は知っているのでわかるが、そうでない者は気付かないかもしれない。

空いた席で担ぎの貸本屋啓文《けいぶん》が薦める戯作本《げさくぼん》を読んでいた信吾は、席を立ってすぐにそちらに向かった。房右衛門が左頬に三筋の引っ掻き傷を作った事情に関しては、信吾と波乃以外はだれも知らない。房右衛門はだれかに訊かれても、笑うだけで答えてはいないはずであった。

「常吉、大黒柱の鈴を鳴らしておくれ。二つだぞ」

「へーい」

　来客なので茶の用意をするようにとの、波乃への合図であった。房右衛門はハルを巡る経緯《いきさつ》を話しに来たのだから、ほかの客たちに聞かせる訳にはいかない。

　鯉《こい》や鮒《ふな》が泳ぐ池を横目に見ながら会所の庭を抜け、柴折戸を押して母屋の庭に入った。沓脱石《くつぬぎいし》からあがって、二人は八畳の表座敷に座を占める。

「いい形で収まったようで、よろしゅうございました」

「悪いのはこちらだとわかっているので、なんとかしなければと思ってはいましたがね。変なこじれ方をしたものですから、これからのこともあるのですっきり収めなければなりませんでした」

「失礼いたします」と断りを入れてから波乃が姿を見せた。

「いらっしゃいませ、房右衛門さま」

「お邪魔しております」

「とても良い話らしいので、波乃も聞かせてもらいなさい」

「あら、よろしいのですか」

　言いながら房右衛門と信吾のまえに湯呑茶碗《ゆのみぢゃわん》を置いたが、波乃は自分の茶碗も用意していた。言葉とは裏腹に、信吾がそう言うと察して最初から話を聞く気でいたのだ。

「悩ましい問題で、さぞや房右衛門さんはお困りだろう。なにかいい方法はないだろうかと、二人であれこれ話してはみたのですが」

「それは申し訳なかった」

「いえ、これぞという考えは浮かびませんでしたから」

「当然でしょう」

穏やかではあったが断言されたので、信吾と波乃は顔を見あわせた。

「夫婦の問題が当の本人を抜きにして、他人にわかろうはずがありませんからね。ですから本人以外には解決できんのです」

えらくきっぱりと言ったものだが、こうなると拝聴するしかない。

「もともとが一枚の面が原因でこじれましたから、面によって解決するのが一番。いえ、それしかないと思いましてね」

房右衛門が間を取ったのは、信吾と波乃がどういう反応を示すかようすを見ていたのかもしれない。しかしそれだけでは、信吾たちには反応のしようもなかった。仕方がないと思ったらしく房右衛門は続けた。

「原因になったのはお多福の面ですが、お多福はおかめとも言います」

「するとひょっとこ」

信吾も閃《ひらめ》いたが、声にしたのは波乃が一瞬だけ早かった。房右衛門は満足そうにうなずいた。

「母や子供たちが常にいっしょですし、おなじ屋敷内なので、ハルの弟夫婦や息子ともしょっちゅう顔をあわせています。わたしもハルもいつもどおり振る舞っていましたが、どうしてもギクシャクしますから、誤魔化しの利く訳がないのです。だれもが変だと思ってはいても、うっかりしたことは言えないので静観していたのでしょうね。わたしは目一杯の芝居をやり続けることが、次第に辛くなりまして。というか馬鹿馬鹿しくなったのですよ。となれば少しでも早く終わらせるには、わたしから持ち掛けて修復するしかないではありませんか」

「それで小道具に、ひょっとこの面を」

信吾の言葉に波乃がうなずいたのは、やはりおなじ思いでいたからだろう。いや、ここまで来ればだれだって気付くはずだ。

これしかないと思った房右衛門は、機会が訪れるのを待っていた。

「ちょっと見せたいというか、見てもらいたいものがあるのだがね」

二人きりになったときに房右衛門がそう言うと、ハルがわずかにだが驚いたような顔をした。

「あら、なにかしら。実はわたしも、見ていただきたいものがありますの」

房右衛門はハルがおなじことを言うとは、思ってもいなかったので意外な思いがした。

「ただ、ちょっとばかり恥ずかしいのだ。いい齢《とし》をしてと笑われそうでね」

「でしたらわたしこそ、呆れられそうで恥ずかしいですわ。一体どうしたらいいでしょうかね」

ハルが思い掛けなくも恥ずかしいと言ったので、房右衛門はすぐにもその品を見たくてたまらなくなってしまった。

「おおきな物かい」

「いえ、そんなには」

「こっちもそうおおきくはないから、一、二の三で見せるというのはどうだろう」

「いいですね。手間は掛かりますか」

「いや、十も数えれば十分だ」

ということで背中合わせになって準備したが、房右衛門は懐に入れていたので造作はない。十を数えて「一、二、三」で向きあったとき、二人は「あッ」と声をあげた。

房右衛門がそこまで話して言葉を切り、笑顔で二人を見たのは答を催促しているのである。ここで即答できなければ、それでよく「めおと相談屋」をやっていますねとの誹《そし》りは免れない。

「ハルさんがおかめ」

「房右衛門さんは、ひょっとこの面を付けていたのですね」

波乃に続けて信吾がそう言うと、房右衛門は満足気にうなずいた。

うしろを向いてもらっているあいだに面を付け、「いいよ」の声で振り向いたハルは、そこに口を尖《とが》らせたひょっとこの面を見て、たまらず噴き出すはずである。それだけでハルは怒りを解いてくれるにちがいない、というのが房右衛門の期待であった。

ところがハルはその上をねらったのだ。お多福の面が原因で激怒した自分が、その面を付けることで夫に笑ってもらい、自分もいっしょに笑いたいと考えたらしい。すべてを恕《ゆる》しますから、これからもいい夫婦でいてくださいねとの願いが、おかめの面に籠《こ》められていたとわかる。

房右衛門がひょっとこの、ハルがおかめの面を付けて相手に見せるだけでも、わだかまりは跡形もなく消えただろう。ところが、二人がともに面を被った自分を見せたことで、効果は何倍にもなったのであった。

「わたしは体が震えましたよ。やはり二人はかけがえのない夫婦なんだなあと、しみじみ思いました。わたしはハルに惚れ直しましてね。わが女房は菩薩《ぼさつ》さまだと感動を覚えたのです。あんなに可愛いお多福が、おかめがどこにおりますか。ハルは菩薩さまだが、たとえお多福であろうと夜叉《やしゃ》であろうと、添い遂げて大事にしなければ、罰が当たると思いましたね」

「これはほんにご馳走《ちそう》さまでした。本膳だけでなく二の膳と三の膳をいっしょにいただいて、もうこれ以上は、たとえ水菓子であろうと、とても入りませんです」

だが波乃の大仰な言葉に、浮かんだ房右衛門の笑みは潮の退くように消えたのである。その沈鬱さは来たときの、笑いを押し殺そうとしてもできなかった顔とは、あまりにも落差がありすぎた。もう一山越えたということだろうが、一体なにがあったというのか。

信吾と波乃は息を呑んで房右衛門の言葉を待った。

細い目をさらに細めたお多福の面を、両手で顔に押し付けていたハルの手が、そのとき不自然に動いた。と思うと震え声の悲鳴となったのだ。

「おまえさん、どうしましょう。たいへんなことになりました。面が、お多福の面が顔に貼り付いて、どうしても取れません。剝がれないのです」

「まさか、そんな馬鹿なことが」

房右衛門が面に手を掛けて剝がそうとしたが、顔に貼り付いて微動もしない。力を入れるとハルが堪え切れずに悲鳴をあげた。

「すまん。痛かっただろう」

「少しは」と言ったが、あとはほとんど泣き声になった。「でも、いくら痛くてもかまいません。なんとしても剝がしてください。このままでは困ります。明日からわたしは人に会えず、大好きな浅草の町を歩けないではありませんか」

「よし。なんとしても剝がしてあげるから、痛いだろうけど我慢するのだぞ」

力を籠めるとハルが呻《うめ》く。面に被われていても、房右衛門には妻の顔が苦痛に歪《ゆが》むのが感じられた。渾身《こんしん》の力を籠めたが、苦悶《くもん》を耳にするなり、我慢しきれずにそれを緩めてしまった。

「どうなさったの」

「痛いんだろ。苦しいんだろ」

「いいえ。剝がしてください。わたしは大丈夫です。どんなに痛くても我慢します」

そうは言ったものの、力を入れるとハルは呻き、力を抜くと「手を緩めないで」と、泣きながら叱咤《しった》することの繰り返しとなった。

ところが房右衛門は気付いたのである。ハルがいっしょになって剝がす振りをしながら、実は顔に押し付けていることを。

まんまと騙《だま》されたのだが、腹は立たず、むしろたまらなく愛《いとお》しくなった。房右衛門が考え抜いた劇的な解決法に調子をあわせ、なんとしても成功させなければと、必死になって芝居しているのがわかったからだ。

であれば房右衛門も、それに応えなくてはならない。

いくらなんでもひどすぎる。これ以上はとても堪えられないというふうに面から手を離すと、苦悩で震える声を絞り出した。

「やめよう」

「なぜですの」

「ハルが痛がるのを見るに忍びない」

「だってわたし、お多福の顔でなんてとても人前に出られません」

「いいじゃないか、それでも」

「どうしてですか。だって、ご自分の女房が笑い者になるのですよ」

　体が強張ったと思うと、ハルは声を忍ばせて泣き始めた。そしてしゃくりあげながら言ったのである。

「おまえさんはわたしがお多福になったら、愛想を尽かすに決まっています」

「そんなことはない。決してそんなことはないよ。愛想を尽かす訳がないだろう」

「わたしもそう思いたいです。そりゃ一日二日は、いえおまえさんのことですから十日や半月は。ですが半年、一年となってご覧なさい。やがて人は後ろ指をさすようになり、そのうち面と向かって笑うようになるでしょう。いえ、そのまえに親類縁者が集まって、そんなみっともない女は離縁して、ちゃんとした嫁をもらえと言うに決まっています。おまえさんはまだ三十代の半ば、残りの人生を犠牲にすることはない。親類の人たちが、そう言うのがわかっているのです」

「落ち着きなさい。ハルはわたしを、そんな男だと思っているのか。わたしはハルに惚れて、親父《おやじ》さんに日参してやっと嫁にもらったのだ。わたしはハルの顔に、顔だけに惚れたんじゃないんだよ。その心に、おおらかで、どんな人にもおなじように接する心のやさしさと、人としての素晴らしさに惚れ抜いたからなんだ」

「あッ」と、ハルが声をあげた。「面が剝がれそう。おまえさん、面が剝がれます」

そう言うと、ハルは両手で押さえていたお多福の面を、恐る恐るというふうに、ゆっくりとさげたのである。

そこまで言って、房右衛門は信吾と波乃に微笑んだ。

「お多福の面の下から、少しずつハルの顔が現れたんですからね」

なんとも憎い演出ではないか。それだけ真剣に、こじれてしまった二人の仲を修復したいと考えていたのだろう。その末にハルが考えたのだと思っただけで、いじらしさのあまり房右衛門は涙が出そうになったそうだ。

「そうしますと二つのお面、お多福じゃなくて、おかめとひょっとこの面は、夫婦和合の秘訣《ひけつ》を子々孫々に伝える、なによりの家宝となりますね」

信吾がそう言うと波乃は何度もうなずいた。

「そうですよ、房右衛門さん。額装して飾らなくては。それとも絵馬に仕立て、どこかのお社《やしろ》に掲げますか」

「それがいい。家庭円満、夫婦和合の絵馬として評判になりますよ。評判を聞いて全国から善男善女が集まり、門前市を成して」

信吾がそう言うと波乃の箍が外れ、あとは収拾のつかぬ馬鹿笑いとなった。

見習い医師の高山望洋《たかやまぼうよう》のまえで箍が外れて笑いが止まらなくなり、波乃は恥ずかしい思いをしたことがある。ところがそれを逆手に取って克服してしまったのだ。

以来、信吾は波乃の馬鹿笑いを聞けなくなり、どことなく寂しい思いをしていた。まさかこんな形で再び箍の外れた馬鹿笑いを聞けるとは、思ってもいなかったのである。房右衛門の驚き顔がなんとも見もので、信吾はここしばらくの重苦しさの反動もあってだろうが、腹を抱えて笑ったのであった。

気に掛かる二つの難問のうちの一つは、最高かつ最良の決着を見ることができた。だが明あれば暗ありと言う。その皺寄せが、もう一方に及びそうな気配が濃厚であった。急激に膨れあがっただけでなく、一気にその重量を増すのが信吾には感じられたのである。

待つ仕事

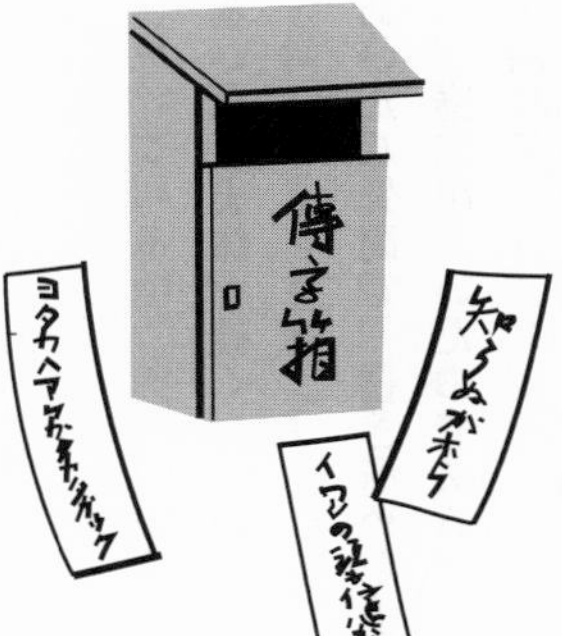

でまだ人の背丈か、高くても二倍くらいしかない。

そして塀際には四季の草花が茂っている。夏場の今は朝顔、露草、桔梗《ききよう》、立葵《たちあおい》、百合《ゆり》などが咲いていた。それらの草花の根元にいたらしい。

「マムシなんていないないいじゃないいか」

「いたんです」

「だから権六親分なら」

信吾が笑わそうとしても、波乃はとてもその気にはなれないようだ。

「いたんです、本物のマムシが。あたしをじっと睨《にら》んでいたけれど、いつの間にかいなくなったわ。信吾さんの声を聞いたので姿を消したのかしら」

波乃らしくない怖がりように、ついからかいたくなる。

「となると頼りない亭主でも、マムシ除《よ》けくらいにはなるようだ。しかしマムシに睨まれたとなると、なにか恨まれるようなことをしたんじゃないだろうね。飲もうと思ったけれど、熱すぎるのでお茶を庭に捨てたら、そこにマムシがいて火傷《やけど》させたとか」

「まさか。そんな無作法な真似《まね》はしませんせん、あたしは」

「マムシは怖がらなくても大丈夫。踏ん付けたり脅かしたりすれば咬《か》むけれど、なにもしなければそのうちに姿を消すはずだ。むしろマムシのほうが、人を怖がっているんじゃないかな。生きたまま焼酎に漬けこんで、マムシ酒にされちゃたまらないもの」

「だけど、咬まれたら死ぬって聞いていますよ。河豚《ふぐ》は食べるな、マムシは怒らすなって言われましたから」

年寄りの忠告を守っているところはいかにも波乃らしいと思うが、となると余計にからかわずにいられない。信吾は節を付けて、厳かな口調で物々しく言った。

「ナーメクジナメークジナメクージ」

「なんですか、それ」

「おまじない。マムシは、いや蛇の類はナメクジが苦手だそうだから、三回唱えると嫌がって逃げ出すらしい。嘘《うそ》か本当か知らないけれど、将棋会所のお客さんが言っていた」

「今度から、そうします」

「次からだと手遅れかもしれんよ。ゴーンロクゴンーロクゴンロークと、親分の名前を三回繰り返したほうがいいかもしれないな。うん、ずっと効き目がありそうだ」

「マムシは権六親分の渾名でしょ。だけど、どうしてですか」

「親分の名前を出せば、ああこの人はおれたちの仲間の知りあいなんだと勘ちがいして、悪さをしないんじゃないかな」

「まさかそんな。マムシが親分の渾名を、知っている訳がないでしょう」

「そうか。浅草では権六親分を知らぬ者はいないが、さすがに生き物に渾名は知られていないか。まてよ、波乃がマムシを見たってことは、今日あたり親分がやって来るってことかな。まさか鬼の霍乱《かくらん》で、寝こんでいるのではないだろうけど。そう言えば親分は鬼瓦の別名を持っているから、鬼瓦の霍乱ってことか」

ようやくのこと波乃が笑ったので、信吾は一安心した。

「ここしばらくお見えでないのは、きっとお忙しいのですよ」

「それにしても怖いもの知らずだと思っていたが、波乃にも怖いものがあるとは愉快だ」

「怖いもの知らずだなんて。見た目はどうか知りませんけれど、これでもか弱い女ですからね。あたしにだって怖いものはあります。それに気味が悪いじゃないですか、マムシだけでなく、ムカデとかゲジゲジなんかも」

「それは変だなあ」

「なにがですか」

「蛇は足がないから体をくねらせる。くねくね動いて気味が悪いというならわかる。足のある犬猫や人とは、まるでちがう動きをするからね。しかしムカデとかゲジゲジには足があるよ、多すぎるくらい」

「足のあるなしに関係なく、気味が悪いのだもの」

「蛇は足がないのに驚くほど早く動くから、気味が悪いし怖いのかと思っていたんだがな。そうじゃなかったんだ。足がなくても多すぎても、だめなものはだめなのか。ムカデは百の足と書くくらいだからやたらと多い。となると千足さんを見たら、波乃は目を廻《まわ》すか気を喪《うしな》うかもしれないな」

「チタルさんと言うからには人ですよね」

「将棋会所のお客さんで、狂歌の宗匠の柳風さんに紹介されてこのまえ指しに来た。千の足と書くから、となるとムカデの足の十倍だからね」

「強いのですか、千足さんは」

「ああ、稀《まれ》に見る凄腕《すごうで》であったが、それでも信吾大先生には歯が立たず、兜《かぶと》を脱ぐしかなかったんだ」

「そんな自慢話は、ほかでなさらないで。みっともないですから」

「ああ、恥ずかしくって、波乃にしかできないよ」

「百の足と千の足があるなら、万の足があってもおかしくないですね」

「マンゾクマンゾクってかい」

　波乃はクスリと笑った。

「字がちがうでしょ」

「席亭さん。お客さまがお見えですので、お願いします」

柴折戸《しおりど》を押す音がして常吉が信吾を呼んだ。呼び掛けが「席亭さん」のときは将棋客絡みの用で、相談客のときは「旦那さま」と言うのでわかるようになっている。もっとも代理人は来ても、本人が来たことはない。

波乃との馬鹿話は楽しくて息抜きにいいが、仕事となれば中止するしかなかった。

二

波乃が庭でマムシを見たのは、権六が来る前触れかもしれないと冗談を言ったら、本当にやって来たので信吾は思わず笑ってしまった。浅草寺弁天山の鐘の音が八ツ（二時）を告げて、ほどなくのことである。

「権六親分さん、お久し振りでございます。相変わらずお忙しいようですね」

甚兵衛の決まり文句の挨拶に、権六も決まり文句で受けた。

「ああ、貧乏暇なしでな。権六さまだからいいようなものの、雑巾なら擦り切れてしまうところだ」

もしかすると、夜鷹《よたか》殺しの件で話があるのではないかと信吾は思った。その話なら将棋客たちも聞きたいだろうが、伝言箱への紙片と関わりがあるかもしれない。となると信吾と無関係とは言えないので、将棋客たちには知られたくないこともある。

「しばらくお見えでなかったので、波乃が寂しがっていますから、お顔を見せてやってくださいよ」

「浅草一の別嬪《べっぴん》さんが、おれさまの顔を見たいってか。色男は辛《つら》いなあ」

この冗談も権六の決まり文句である。

常吉に大黒柱の鈴を二度鳴らすように命じ、信吾は沓脱石の下駄を突っ掛けた。

二人が八畳間に坐《すわ》るのを待っていたように、波乃が湯呑茶碗《ゆのみぢゃわん》を持って現れた。いつも言われているので自分の分も用意し、信吾の斜めうしろに控えて坐る。

「瓦版によりますと、夜鷹がひどいめに遭わされたそうですね」

信吾は自分のほうから切り出した。瓦版は出たばかりなので、その絡みで姿を見せたことも考えられた。将棋会所や碁会所は髪結床や湯屋とおなじで、権六が顔を出すのは町の噂《うわさ》が集まるためもあるのだろう。

夜鷹の話を持ち出したのは、反応次第で権六がどこまで関わっているかを含め、ある程度のことがわかると思ったからである。信吾が夜鷹殺しの話を始めたので、まさかと思ったらしく、波乃が驚き、緊張するのがわかった。

「塚本《つかもと》の旦那が手下に調べさせているそうだが、見た者がいないし手懸かり一つねえ。長引くんじゃねえかな」

塚本の旦那というのは臨時廻りの同心だそうだ。見廻る地域の広い定町《じょうまち》廻り同心の手に負えそうにないので、乗り出したということだろうか。権六が話さないこともあるが、町奉行所内部のことや、与力や同心の動きは信吾にはよくわからないことが多い。

茶を含み、一口飲んでから権六が言った。

「それにしても、ひどいことをしやがるぜ。流行《はや》らなきゃいいがと、悪い予感がしてならねえ」

「流行る、と申されますと」

波乃がそう訊《き》いたのは、なぜ流行るのかが理解できなかったからだろう。

「心中って言葉が御公儀《おかみ》のお触れで使っちゃならねえことになったのは、二人とも知っているな。男と女が気を通じて死ぬのは心中なのに、相対死《あいたいじに》と言わなきゃならん。言い換えをしたくらいでなにも変わる訳がねえのによ」と言って、権六はわざとらしく口を押さえた。「おっと、口は災いのなんとかやらだ」

「心中……じゃなかったですね。相対死のほかにもあるのですか、流行りそうなことが」

「ああ、身代金が目当ての子供や若い女の誘拐《かどわかし》、付け火などを瓦版が取りあげると、なぜか真似するやつが現れてな」

「その目下の懸念が夜鷹殺しということですね」

「瓦版を読みゃあ、夜鷹ならだれだって簡単に殺せることに気が付くだろうよ。あれほど弱いものはないってことにな。女の身で、それもたった一人で、人のあまり通らない暗闇に身を潜めて男を誘うのだ。しかも刃物を持っている訳じゃねえし、逆らったところでたかが女だ。悲鳴をあげたとしても、すぐに人が駆け付ける心配はねえ。買う振りをして近付き、口を塞いでしまやあお終《しめ》えよ」

わずか二十四文の夜鷹でも、乗り逃げ、つまり金を払わずにすまそうという不届き者がいるらしい。それを防ごうと、亭主か紐《ひも》らしき男が近くに潜んでいることもあるそうだ。相手次第で凄んで余分に払わせるが、大抵はしょぼくれた男で、敵《かな》わぬとなると諦めて手出ししないらしい。

波乃が体を震わせたが、それを代弁するように信吾はつぶやく。

「しかし、だからといって」

「殺そうなどと思わねえ、大抵の者はな」

「だけど、そうとはかぎらないということですね」

「この世の中に、満足し切って生きてる者なぞいやしねえ。同時に不満だけで凝り固まっている者もいねえのさ。満足と不満を併せ持ってだれもが生きているが、その占める割合が人によってちがう。しかもそれがおおきくなったりちいさくなったり、常に変わっているのだ。だが押し並《な》べて不満のほうがずっと多いし、おおきいのが人の常でな。周りから見れば満足そうに見えても、本人にとっては不満だらけってことがほとんどだ。金や仕事、人との関わりのことで、だれもが我慢に我慢を重ねているのよ。上役が理にあわぬことを押し付けたとしても、それに従うしかねえ。だれもがそうなのに、自分一人がひどい目に遭わされていると人は思ってしまうものだ。そういうやつが瓦版を見て、むらむらとなることがある」

一時《いっとき》の憂さを晴らしたいと思っている者はいくらでもいる、と権六は言いたいのである。

「まったく人でなしと言うしかねえが、人とは妙な生き物でな。大抵のことが満たされて不満はないはずの連中は、なんと生きることに倦《う》み退屈し切ってしまうのよ。贅沢《ぜいたく》な話じゃねえか。そういう輩《やから》が気晴らしに人を斬るが、となるとねらわれるのは弱い者だな。やつらは強い相手には手出しできねえので、弱いものを餌食とするのだ」

ただその口調からすると、信吾は権六の頭にある夜鷹殺しは、町人ではないような気がした。家禄《かろく》の少ない旗本や貧乏御家人の当主、あるいは部屋住み厄介と呼ばれる次三男坊を思い浮かべているような気がしてならなかった。

「心中にしてもそうだ。好きあっていても夫婦《めおと》になれない男と女は少なくねえからな。身分のちがいや金の問題、自分の利益や地位のことしか考えぬ親や親類、商売上での力関係や、力ずくで押し通そうとする連中によって、思いが叶《かな》えられないことがあるのよ。どうしようもないことに気付き、どうせこの世で結ばれぬものならせめてあの世で、と思い詰めて死を選ぶのだろうな」

ところが瓦版でそれを知って、自分たちもまさに心中を図った二人とおなじだと思い、命を捨ててしまう連中が現れるのである。

似た部分はたしかに多いかもしれないが、断じておなじではない。わずかではあるにしても道はあるし、抜け出す方法や手段がない訳ではないのだ。

そのためにはたいへんな努力、苦労をしなければならず、かならず解決する、乗り切れるとはかぎらない。だがやってみるだけの価値はあるし、やってみなければわからない。それなのに楽な道を選んでしまうほど、人は弱くて脆《もろ》い面も持つ。

「一線を越えるか越えないか、の問題なのだがな」

権六は拳を握ってから人差し指を突き出し、それを横にして目のまえに一本の線を引いた。

「この世に生きているかなりの者が、この線に頭をくっ付けておる。地道に努力していさえすれば、なんとかくっ付けられるものなのだ。ほとんどの者がくっ付けてもがいておるのよ。だがときたま、ごく稀にだがこの一線を越える者がいてな。芸事なんぞで言えば、越えたやつは名人と讃《たた》えられる。滅多におらばこそだ。ほとんどの者ができぬので、線を越えることに価値が、意味があるのだ」

心中もそうである。できればだれだってしたくないが、しかしそれ以外に救われる道は残されていないと思いこんでしまう。

そうではないのである。細い道かもしれないし、しがみついているのは今にも切れそうな糸かもしれない。細くて弱いのだから、そんな糸が支えきれる訳がないとだれもが思う。細くても道はどこまでも続き、細くて弱いからといって糸が切れるとはかぎらない。

だが瓦版の心中を読むと、それしかないと思ってしまう。その瞬間、それが自分たちを救える唯一の手段だと思い詰め、線を越えてしまうのである。

「瓦版が心中を書き立てると心中が流行るが、なんでこうなるのやらってことだ。おっと、油ぁ売っちまったぜ」と、権六は膝を叩《たた》いて立ちあがった。「こんな下っ端でも、顔を出さんといかんところがあってな」

どうやら、ちょっと顔を見せただけだったらしく、信吾は一先《ひとま》ず安心した。

三

久し振りに権六が姿を見せた日の翌朝、信吾は信じられぬ思いに囚《とら》われ、しばらくのあいだぼんやりしていた。鎖双棍《くさりそうこん》のブン廻しを始めるまえに伝言箱を開けると、例の一行書きの紙片が入っていたのである。だが戸惑いを覚えた理由は一つではなかった。

入れられていたのがこれまでの将棋会所でなく、母屋側の伝言箱であったことが第一。

明らかに同一人物だと思われるのに、監視を命じておいた波の上が、一度も吠《ほ》えなかったことが第二。

そして第三として、書かれていたことが挙げられる。こうあったのだ。

美晴《みはる》と金太《きんた》がくっついた

「なんだ、これは」

信吾はまたしても、これまでとおなじ言葉を口にしていた。

女の子と男の子が急に親しくし始めると、やっかみや冷やかしから仲間が囃《はや》し立てる決まり文句の出だし部分であった。

夜鷹のときもそうだが、伝言箱に入れられたからにはなんらかの意図があると考えねばならない。名を書かれた美晴と金太が現実にいるとしても、二人の色恋模様だけでなく、なにか意味が隠されているかもしれないのだ。だが今はそれに思いを致す余裕はなかった。

どうにも不可解なのは、あれだけ言い含めておいたのに、波の上が気付きもしなかったことである。しかし信吾は、直ちに波の上に問《と》い質《ただ》すことはしなかった。紙片を懐に突っこむと、なぜそうなったかを考えたのだ。

信吾の夜の鍛錬は木刀の素振りが主で、棒術と鎖双棍の攻防の連続技もおこなう。

朝は鎖双棍のブン廻しが主であった。頭の上で振り廻して、鎖の繋《つな》がり目を見る訓練である。これは一瞬の動きを見極めるためにおこない、鎖が左右の握り柄を繋いだものを、片方の握り柄を持って頭上で円を描いて振り廻す。暗くては鎖の繋がりが見えないので、朝の明るいうちに訓練するしかない。

それが終わると、常吉が棒術の攻防の連続技を繰り返すのを見ながら、良否を指摘するのであった。

前回の「ヨタカハアサガタカタガツク」と書かれた紙片が入れられていたときは、鍛錬に集中しているつもりでも、すぐに思いがそちらに行ってしまった。

指導していて気が付くと、常吉が棒を持ったまま戸惑いながら信吾を見ていたのである。「心ここになし」の状態になっていたのに気付き、途中で切りあげるしかなかった。

ところが今回の「くっついた」には惑わされることなく、武術の鍛錬と考えの双方に集中できた。鎖双棍のブン廻しにしても常吉の棒術の指導にしても、日々おなじことを繰り返す。気持の持ちようのわずかな差で、前回は支離滅裂になったのに、今回は冷静に筋道立てて考えられたのであった。

ところで伝言箱への紙片である。

母屋か会所のどちらの伝言箱に入れるかわからないので、双方に対応しなければならない。そのため両家の境の生垣辺りに待機するようにと、信吾は波の上に言っておいた。

これまでの三回が会所側に入れられていたので、波の上が次もおなじだと思いこんでいたことが考えられる。だから会所の伝言箱の近くで、待ち伏せしていたのではないだろうか。

ところが母屋のほうに入れられた。

犬の嗅覚は抜群に鋭いが、男が紙片を伝言箱に入れた時刻は無風か、会所側から母屋側への、波の上にとっては追い風だったのかもしれない。母屋から会所への向かい風なら、波の上は男の匂いを捉えたはずだ。追い風なら匂いは波の上の鼻に届かないし、無風であれば、いかに優秀な嗅覚の持ち主であろうと、気付くまでにかなりの時間が掛かって当然だろう。

信吾の言ったとおり、波の上が生垣の近くで待機していたとしよう。深夜とか明け方のほとんど人通りのないときなら、波の上の耳はその足音を捉え、近付いて鼻で匂いをたしかめるはずだ。

各町の木戸を閉める四ツ（十時）には、人通りはほとんど絶える。ところが五ツ（八時）くらいまでなら、けっこう人通りは多い。特に日が暮れてほどなくには、絶えることはなかった。匂いに気付いた波の上が駆け付けても、すでに男はいないだろう。

波の上はここ数晩なにもなかったので、翌日には労なくして大福餅にあり付くことが続いていた。そのために油断が生じたのかもしれない。まさか生垣の傍《そば》で居眠りをしていたとは思えないが。

監視を命じておいた波の上でなく、投げ入れた男の側にも理由はあったかもしれない。

これまで会所側に入れたのは、母屋側にもあるのを知らなかったからとも考えられる。

四回目になって初めて、気付いたのかもしれないのだ。

あるいは波の上がいることはこれまでも知っていたが、今回どことなく動きがちがうことを不審に思って、母屋側に入れたことも考えられる。

どうでもいいことに拘《こだわ》りすぎている気がして、信吾は苦笑せざるを得なかった。

鎖双棍のブン廻しをして、常吉に棒術を教え、たっぷりと汗を掻《か》いたので、庭に大《おお》盥《だらい》を出して行水した。汗を洗い流して、信吾は波乃と常吉といっしょに朝食を摂《と》った。

食べ終わって両手を顔のまえであわせ、「ごちそうさま」と唱和する。

「波の上の餌はいつものところですからね」

波乃の言葉に常吉が礼を述べると、生垣の向こうで番犬が一声だけ吠えた。なにからなにまでいつもどおりである。

「今日はわたしが持って行こう」と、信吾は常吉に言った。「たまにはいいだろう」

「え、ええ」

常吉が戸惑ったように口籠ったのは、信吾が波の上の皿を持つと言ったのが初めてだったからにちがいない。

庭を横切り、境の柴折戸を押して将棋会所の庭に入りながら、常吉は横目で何度も信吾を見た。

波の上は尻尾《しっぽ》を振りながら二人を見あげていたが、信吾が餌皿を持っているので混乱して判断に迷ったようである。しかし表情からすると、どうやら叱られそうではないとわかったようであった。

「天気がいいので、外で食べたほうが気持がいいだろう」

いつもなら常吉は波の上に、土間の片隅で食べさせていたのである。

「では、お願いします」

常吉は沓脱石から座敷にあがった。将棋客のために将棋盤と座蒲団《ざぶとん》をそろえると、湯を沸かしにかかる。そして客が来るまでのあいだ、算盤《そろばん》の練習をするか往来物（一種の教科書）を読むのであった。

波の上はガツガツと貪り喰《く》った。それにしても見事な喰いっ振りで、嚙《か》まずに呑《の》みこんでいるとしか言いようがない。話し掛けることもせずに、信吾は見ているしかなかった。

ご飯に味噌汁《みそしる》を掛けて、出汁《だし》を取ったあとの煮干しを五、六尾加えただけだが、波の上はきれいに平らげると、念入りに隅々まで舐《な》めてしまった。

——喰いっ振りは見事だが、あっちはなんともお粗末だったな。

そら、おいでなすった、と波の上の顔が語っていた。

——抜かったよ、おれとしたことが。二度と失敗《しくじ》ることはねえが、まあ聞いてくれ。

信吾に口を挟む隙を与えずに波の上は話し始めたが、事情を聞けばやむを得ぬ部分もあったようだ。油断をしていた訳ではなかったが、思いがけぬ早い時刻に男は紙片を伝言箱に入れたのである。

夕食を終えた常吉が持って来た皿の餌を食べ終えた波の上は、まさかと思いながら首を擡《もた》げた。風のせいだろうが、紛れもないあの匂いがしたのである。何日もまえに信吾に嗅がされた三枚の紙片に付いていた、忘れもしない匂いだ。

波の上は土間から屋外へと全力で駆けたが、将棋会所の伝言箱の辺りに問題の匂いは微《かす》かも残っていない。風に流されて来たのだとわかった。

まさに抜かったのである。会所の庭を駆けて境の柴折戸を頭で押し開け、母屋側の庭に入る。建物の横を廻ったが、伝言箱の辺りにはすでに人影はなかった。微かな匂いだけが残っていた。

——このままでは男が廃る。おれにできるかぎりのことをしなければ、信頼してくれている信吾の気持を裏切ることになると思ったさ。

言ったことは実に立派である。しかし本当のところは、大福餅はおろか翌日からの餌にあり付けなくなるかもしれないと、あわてたのではないだろうか。

波の上は懸命に男が残した匂いを、その草履の匂いの痕跡を、鼻をほとんど地面にくっ付けるようにしながらひたすら追ったそうだ。

——おれの鼻はそいつを突き止めたはずだぜ、匂いが途絶えてなけりゃな。

——どういうことだ。途絶えたり消えたりするものではなかろう、何日も経《た》ったり、雨が降って匂いを消したという訳じゃないんだからな。

——さすが信吾だ。ご明察。

——おだてて誤魔化すんじゃないよ。

——匂いはプツリと掻き消えた。

——そんな馬鹿な。

——男の草履の匂いは、大川の岸まで続いていたんだ。

そういうことかとようやく納得できたが、そこまでは信吾も考えていなかったのである。

——舟を使ったのだな。

——理由がわかったとなりゃあ、この波の上は二度とおなじ過ちは犯さねえよ。

——わかった。もう少し早く姿を見ていれば、相手が舟を使ったとしても、舟の動きにあわせて岸を駆け、橋を渡り、舟が着いてそいつが岸にあがるのを見届けただろう。そうすれば跡を付けて、住まいをたしかめられたはずだ。

——次を待ってくんねえ。おれも男だ。二度と過ちは繰り返さねえよ。

よほど口惜《くや》しかったのだろう、波の上はおなじ言葉を繰り返した。

——ああ、わかっているさ。

——だれだって過ちを犯すことはある。要はそれを繰り返すか繰り返さないか、ということだからな。

信吾が波の上の顔をまじまじと見たのは、なんと凄いことを言うやつだと思ったからである。常吉に、いや子供だけでなく、すべての将棋客に聞かせてやりたかった。

——そこまで言やあ、波の上としても失敗はできんわなあ。

——ときとして、自分を追いこまなきゃならんこともあるさ。

これはまいった。名言の二連発である。となると信吾としても、うまく締《し》め括《くく》らねばなるまい。

——今度のことで波の上もいろいろわかっただろう。まず将棋会所と母屋の、どちらに来るかわからない。どんな手を使うかもわからん。昨日は舟を使ったが、べつの方法を採るかもしれんぞ。ともかくどうであろうと、波の上ならかならず見付け出すはずだ。

ただ、吠えるのはいいが、咬み付くときは気を付けろよ。相手が刃物を持っているかもしれんからな。

四

子供客の集まる日であった。

将棋を指しているときは騒がしくないが、対局後の検討に移るとだれもがわれ勝ちに喋《しゃべ》り始める。子供の声は甲高い。静かに対局を楽しんでいる客に迷惑が掛かるので、子供客の来る手習所の休日には、六畳間と板の間の仕切りの襖《ふすま》は閉《た》てていた。

しかし夏場ゆえ、さすがに暑くて耐え難くなった。客たちはだれもが扇子か団扇《うちわ》、そして汗拭き用の手拭を持参している。

濡《ぬ》れて重くなると常吉に頼み、井戸水で濯《すす》いでよく絞ってもらうが、そのときにはお駄賃一文を与えなければならない。客にすればわずかな額かもしれないが、席料をもらっている信吾としては申し訳なかった。汗っ掻きになると、けっこう頻繁に繰り返すことになるからだ。

昼食を終えて客たちがそろったとき、信吾は派手に手を打ち鳴らした。そして何事かと訝《いぶか》る客たちに笑い掛け、次のように訊いたのである。

「皆さまはご自分のお体で、お肌とお耳とどちらが大事だとお考えでしょうか」

一瞬だが静かになったのは、だれもが信吾がなにを言いたいのかわからなかったからだろう。むりもない。そんなものを較《くら》べたり、深く考えたりする訳がないからである。客は互いに顔を見あわせてから信吾に顔を向けた。

「席亭さんは、ご自分のとおっしゃったが、耳というと」

そう言って、右手の親指と人差し指で耳を摘まんだのは島造《しまぞう》であった。物識《ものし》りを自認している この男は、訳のわからぬ話、難しそうな話、変わった話になると、まず自分が話題の中心にならずにいられないのである。なんのことはない、知識をひけらかしたいだけなのだ。

「顔の左右にあって音を聞くためにあるもの、と考えてよろしいかな」

「仰せのとおりですよ、島造さん。福耳とか地獄耳とか、いろいろな耳があるようですけれど」

「地獄耳は一度聞いたことを忘れぬ意味で袋耳とおなじだが、その反対が笊耳《ざるみみ》だ。聞いたことを、すぐに忘れてしまうことだな。笊では水を掬《すく》えぬだろう」

「耳のことはその辺でよろしいかと」

皮肉を籠めたつもりだが島造にはまるで通じない。いや、その振りをしているだけかもしれなかった。

で見せた。
念の入ったことに、島造は左腕の単衣《ひとえ》の袖をたくし上げて、右手で左の二の腕を摑《つか》ん
「となると肌は」
「白かったり黒かったり、湿っていたり乾いていたりする、全身を被《おお》っているこれのこ
とですかな」
「はい。こちらも柔肌、鮫肌《さめはだ》など、いろいろとありますね」
「肌にはいい言葉がそろっているぞ。今言われた柔肌のほかにも、素肌、美肌、餅肌、
雪肌なんてのがあるな」
「お聞きしていて、鳥肌が立ってまいりましたよ」
信吾がそう言うと何人もが笑ったので、さすがに今度の皮肉は効いたようだ。しかし
それくらいで島造は挫《くじ》けない。
「耳と肌か。それも自分の、とかぎられると難問だな」
「となりますと、ご自分のではなくて、他人《ひと》のものでしたら答えていただけるというこ
とでしょうか」
信吾に問われて、島造は意味ありげに含み笑いをした。
「となりゃ、耳ではのうて肌にかぎろうぜ。ただし条件付きとなるがな」
「耳ではなくて肌ですか。しかし条件付きとなりますと、どのような」

「女人《にょにん》、それも若い女性《にょしょう》でなきゃならん、ということだな」

えへんと咳払《せきばら》いに野太い声が続いた。

「であれば耳であろうが」

断定的なその発言は、御家人崩れと言われている権三郎《ごんざぶろう》のものであった。だれもが意外でならぬという顔で見たが、権三郎の言った内容にさらに驚かされた。

「もっともこちらも若い女性、との条件が付くがな。囁《ささや》くにしろ息を吹き掛けるにしろ、あれほど心をときめかすものは、ほかに考えられぬではないか」

将棋会所「駒形」に通っているうちに、権三郎はいつの間にか客たちの色に、染まってしまったのだろうか。いや、それは考えにくかった。あるいはたまたまだれかと話していて、なにかをきっかけに変わってしまったのかもしれない。そうとでも考えなければ、無骨一辺倒の権三郎から、こんな艶っぽい言葉が出る訳がないのだ。

いけない。迂闊《うかつ》だったと信吾は臍《ほぞ》を噬《か》んだ。何人もがにやにや笑いを浮かべるのを見ながら、信吾はひと足遅かったと後悔した。

手習所の休みの日ということを考えると、いくらなんでも行きすぎである。喋ったことの意味まではわからなくても、大人が良くないことを言っているらしいと感じた子供は何人かいたようだ。

「島造さんに権三郎さん。恐れ入りますが、続きはお家《うち》に帰られてから、奥さまになさっていただけないでしょうか」と、信吾は二人に目配せした。「今日は月に何度かというお客さんが、大勢お見えの日でございますので」

その言い方がおかしかったからだろう、客たちから笑いが起きた。となればもうひと押しだと、信吾は目一杯惚《とぼ》けることにした。

「権三郎さまらしからぬとんでもないことをおっしゃるものですから、てまえはなにを言おうとしていたか、忘れてしまったではありませんか」

今度は爆笑となったが、すると餓鬼大将の留吉《とめきち》が手を挙げたのである。

「ありがたいことに、助け舟が出たようですね。留吉、なんだい」

「席亭さん。今日はなんだかおかしいぞ。肌と耳とどっちが大事かってことじゃないか」

「そうだ、それを言いたかったのだ。留吉、ありがとう」

留吉に礼を言ってから見廻したが、またしても客たちは顔を見あわせる。

「失礼しました。言い方が廻りくどかったかもしれませんが、こういうことです。夏になって暑くなり、じっとしていても肌からは汗が噴き出しますね。実に不愉快なものです。それと将棋好きな若い人たちが集まる日は、検討の時間がとても活発になります。だれもがご自分の考えが一番正しいと信じていますので、なんとしてもわかってもらおうと声が高くなってしまうのでしょう。ときとして耐え難いことさえあるはずです。耳が悲鳴をあげて可哀相《かわいそう》でならん、とおっしゃる方もいらっしゃいます」

「肌が大事ですよ、席亭さん」と笑いながら言ったのは、それまで黙って聞いていた甚兵衛であった。「それに肌は体じゅうを隈《くま》なく被っておりますが、耳はここ、耳だけですからね」

「やはり肌でなければならないでしょう」と、これは桝屋良作である。「うるさい、騒がしいと思えば耳を塞げばいいのです。顔の左右に一つずつ、併せて二つしかありません。幸い塞ぐ手は二つそろっています。ところが肌は全身ですよ。体を隈なく被っておりますから、暑いからと言って塞ぎ切れないではありませんか」

「席亭さんは六畳間と板の間の境の襖を外して、風を通したいのではないですか」と、笑いながら甚兵衛が言った。「だったら、仕切りの襖を開けますから、のひと言でいいのです。そんな、汗びっしょりになって説明なさることは、ないじゃありませんか。席亭さんなんだから」

将棋会所「駒形」で一、二を争う棋力の、長老二人が言ったのである。異を唱える者などいる訳がなかった。

問題のうちの一つは片が付いたが、もう一つの難問が残ってしまった。信吾はどうすればいいかと思い悩んだのである。

五

朝は常吉が直太《なおた》を教え、午後はハツが紋《もん》に指導対局して、それを子供たちが見守った。耳と肌、つまり騒音と蒸し暑さを巡って、信吾らしからぬもたもたした部分があったからだろう。対局後の検討は、それまでになく静かにおこなわれた。子供たちは自分の意見は述べても、それまでのようにムキになって主張する者はいなかった。若い席亭が気の毒になって、同情したのかもしれない。この静けさがいつまで続くものやらと、信吾は思わずにいられなかったのである。

そのとき天啓のごとき閃《ひらめ》きがあった。

伝言箱に入れられていた紙片の囃子《はやし》言葉を、子供たちがいるところで唄《うた》えばいいではないか、と気付いたのだ。思い掛けない反応があるのではないだろうか。もしかすれば紙片に書かれたことに関して、なにかわかるかもしれなかった。

大人の客の多くはご隠居さん中心の老人だが、二十代から四十代にかけても何人かいる。だれもが知っている囃子言葉なので、おもしろい話が飛び出すかもしれない。

となると最初に出て来る名前だが、書かれていたとおりだと支障がありはしないだろうかと、ふとそう思った。つまりそれがのちになにかの事情で瓦版に載ったとき、そう言えば将棋会所「駒形」の席亭信吾が唄っていた、などと思い出す者がいるかもしれない、ということである。

万が一、町方の探索と関わることにでもなると、面倒なことになりかねなかった。気を遣いすぎかもしれないが、現実に三枚目は夜鷹殺しに繋がったのだ。しかしだれもが知っている囃子言葉であれば、ふと思い出して口ずさんだだけだ、ですむはずである。それに、口でさまざまな人の悩みを解決してきた相談屋が、その程度でおたおたしていては話にならないだろう、と信吾は自分に言い聞かせた。

ちょうどハツの紋への指導が終わり、検討の並べ直しが始まったばかりであった。最近はおもしろがって大人も見学することがあるが、今日も何人かが加わっていた。大人は自分の立場をよく弁《わきま》えており、子供たちの遣《や》り取《と》りを楽しむだけで、訊かれないかぎり口出しはしなかった。

駒の並べ直しが終わったとき、信吾は子供が囃すときの独特の節廻しで、さりげなく唄い出した。

美晴と金太がくっついた
黙っていても知っている
知らないのは二人だけさ

通して唄ったが反応がないので、美晴を波乃に金太を信吾と替えて二回目を唄い始めると、名前の部分ですぐさま反応があった。

「波乃と信吾だったら、席亭さんとこじゃないか。その唄ならお竹《たけ》と松吉《まつきち》だろ」

そう言ったのは彦一《ひこいち》で、ちゃんと聞いていたのである。彦一は子供客としては最初に通い始めた留吉、正太《しょうた》との三人組の一人であった。

「お竹と松吉だって。その逆でお松と竹吉だったらマツタケで、松茸《まつたけ》ならいい値で売れるけれど」

まるで髪結いの亭主であった源八《げんぱち》のような、調子外れな駄洒落《だじゃれ》を言ったのは、なんと源八を目の敵のように皮肉っていた、小間物屋の隠居平吉《へいきち》であった。

「あたしが聞いたのは、サクラと長五郎《ちょうごろう》だったよ」

ハツがそう言うと正次郎《まさじろう》がぽつりと言った。

「お夏清十郎《なつせいじゅうろう》」

「えッ、そんなのもあったっけ」

「お夏清十郎だったら、知らない者はないだろうけどね」

「いや、懐かしい唄が出ました。澄ました顔で、美晴と金太を波乃と信吾と言い換えたのは愛嬌《あいきょう》でしょうが、席亭さんもどうして隅に置けませんな」と言ってから、桝屋良作が長老で好敵手の甚兵衛に言った。「わたしの子供時代はお玉《たま》に忠太郎《ちゆうたろう》でしたが、甚兵衛さんはいかがでした」

「ちがいました。今まで出たどの名前とも、ちがっていましたよ。これは子供の遊び唄、囃子言葉ですから、名前は決まっていないのです」

甚兵衛が解説調になったのは、八畳と六畳の表座敷の客が何人も集まって来たからだ。おもしろそうな話が始まったと思ったのだろうが、あるいは信吾の唄った文句が懐かしかったからかもしれない。

「遊び仲間の名前を入れて囃し立てる子供の遊びですから、名前は全部ちがっていていいのです」と、甚兵衛は繰り返した。「唄う人、つまり囃す人ですね、それに町や村などの唄う所、唄うときと言うか時代、それらがちがっていても問題ないから、唄い継がれてきたと言っていいでしょう」

信吾が唄ったのについて言えば、と甚兵衛の説明は続いた。

美晴とか波乃の部分に女の子の名、金太や信吾の替わりに仲間の男の子の名を入れるだけで、すぐさま囃子言葉となる便利なものなのだ。そして決まって女の子の名が先に来る。

「女が先に来るのが、決まり事なんでしょうね」と言ったのは、またしても島造だ。

「さっき正次郎さんがおっしゃったお夏清十郎もそうですが、浄瑠璃や歌舞伎の通称も、お初徳兵衛《はつとくべえ》とかお半長右衛門《はんちょうえもん》」

「なるほど、どれも女が先ですね」

そう言って甚兵衛は、島造の口出しに厭《いや》な顔もせずに続けた。

この囃子言葉がふしぎなのは、忘れられたかと思っていると、突然どこかで復活することであった。現れる周期の長短はあるが、なぜか消長を繰り返すのだそうだ。

その後も囃子言葉のわずかなちがい、「くっついた」でなく「できちゃった」とか「黙っていても知っている」と「黙っていても知ってるぜ」など細部の差異について、しばらくのあいだ話に花が咲いた。

唄い継がれているのは、常にどこかで繰り返されているからだろう。

片思いであったり相惚《あいぼ》れであったり、なにかちょっとしたことで気付いたり、喧嘩《けんか》したり、仲直りしたりする。人がだれかに好意を抱き、嫌悪するのは、成熟したからそうなるのではなく、生まれてほどなくから、だれもが身を以《もっ》て経験していることなのだ。

だから囃す名前や細かな言葉が変わっても、唄い継がれてゆくのだと実感できた。

「実はまるで嘘のようなと言うか、瓢箪《ひょうたん》から駒が出た話がありましてね」

素七《そしち》がそう言ったので、信吾はどんな話があるのだろうと興味を抱いた。いや信吾だけでなくだれもが関心を示したのは、話題になっている囃子言葉に、素七は集まった人たちの中で一番縁がなさそうだったからだ。

四十歳で妻を亡くした素七は、跡を継がせる子供もいないことから、弟夫婦に見世を譲っていた。以後は隠居手当をもらい、将棋や俳諧を楽しみながらのんびり暮らしている。五十歳をすぎたばかりだが、年齢よりずっと老けて見えた。顔一面が縮緬皺《ちりめんじわ》に被われているため還暦か、ときに古希に見えなくもない。

「普通は仲良くなったり、片方が相手を好きなのがわかっただけで、おもしろがって囃し立てますね。ところがまったく好きでも嫌いでもなかったのに、仲間に寄ってたかって囃されましてね。次第に相手のことが気になってならず、とうとう夫婦になった一組が、てまえの知りあいにいるのですよ。もう四十年以上まえになりますが、席亭さんの唄を聞いていてふと思い出しました」

「いい話じゃありませんか。それにしても、夫婦の縁《えにし》はどこに転がっているかわかりませんね」

そう言ってから信吾はあるいはと思った。友人知人の悩みだとして相談に来ても、それが相談客本人の悩みだということはけっこうあった。信吾は素七の話し方に、どことなくその匂いを嗅ぎ取ったのである。

「そうでしたか。そういうご縁で夫婦になられたのなら、不惑の齢《とし》に奥さんを亡くされ、さぞや哀《かな》しく寂しかったことでしょうね」

「え、ええッ、ちがいます」と、素七は狼狽《ろうばい》気味に言った。「てまえではありませんよ。

知りあいの」

「そうでしたね。うっかりして失礼致しました。お話を伺っていて、つい素七さんのことだとしか思えなくなってしまって。どうも申し訳ありません」

「いえ、席亭さんが謝られることはありませんが」

そう言った素七は、いつの間にか首筋から耳までが真っ赤になっていた。

なんとなく心の和むひとときが過ごせたが、信吾の期待していた反応は得られなかった。紙片に書かれていた美晴と金太に関する話題は、だれからも出なかったのである。もっとも紙片に記された名前はその都度入れ替わるもので、根拠らしきものはないのだから当然だと言っていいかもしれない。

六

それを見るなり信吾は、胸の鼓動が一気に倍になったような気がした。

夜中に波の上は吠えなかったのに、母屋側の伝言箱に例の一行書きの紙片が入れられていたのである。それだけではない。内容が衝撃的だったのだ。

マンジュウを喰ってみるか

夜鷹殺しの瓦版が出たとき、将棋客たちが船饅頭《ふなまんじゆう》のことを話題にしていた。夜鷹とおなじような最下級の娼婦《しようふ》だが、紙片に書かれたマンジュウはまちがいなく船饅頭のことだろう。つまり、次は船饅頭を殺すとの宣言である。

おぼつかない足取りで将棋会所の伝言箱に向かった信吾は、さらなる驚きに囚われた。なんと紙片が入っていたのだ。もちろん波の上は吠えていない。

さらにその一文が信吾を痛撃した。こう書かれていたからだ。

采女原《うねめがはら》にも風情あり

采女原の名は享保《きようほう》九（一七二四）年まで、今治《いまばり》藩主松平采女正定基《まつだいらうねめのしようさだもと》の屋敷があったことに因《ちな》んで付けられた。大火によって屋敷が麴町《こうじまち》に移ったのち、空き地となっていたところに馬場が作られている。馬場の周りは武家地の中にあって珍しく歓楽地として発展し、辻《つじ》講釈や見世物小屋が並び、夜鷹が多いことで知られていた。

堀を渡れば大大名の上屋敷が並ぶ山下《やました》御門からはほぼ東、おなじく大名小路の南に位置する数寄屋橋《すきやばし》御門からは東南に位置している。

新《あたら》シ橋《ばし》を東に渡ると木挽町《こびきちよう》の四丁目だが、馬場はその先にあって、道を挟んだ南に大名家の上屋敷、火除けの大通りの北はおなじく中屋敷であった。堀を挟んだ東は大名屋敷と大身旗本屋敷となって、さらに東に西本願寺《にしほんがんじ》がある。

「采女原にも風情あり」は柳原土手での夜鷹殺害には満足できず、采女原でも手に掛けるとの予告にほかならない。「マンジュウを喰ってみるか」とおなじく、まるで呼吸したり水を飲んだりする、ごくありふれた日常の一齣《ひとこま》のように人殺しが扱われている。人の命をそのように軽く扱われては堪《たま》ったものでない。なんとも挑発的ではないか。

いずれにせよ、人の命が掛かっているのである。早急な解決はむりとしても、一刻も早くその糸口を摑まねばならない。

ちょうど六尺棒を持った常吉が姿を見せたので、一人で攻防の連続技を繰り返して、それぞれの要点を確認するように命じた。信吾の表情からただならぬものを感じたのだろう、常吉はごくりと唾を呑むと静かにうなずいた。

信吾は波の上を呼ぶと、柴折戸を押して母屋の庭に入った。波の上は常吉とおなじように、緊迫した気配を感じたらしくて黙って従う。

信吾たちに気付いて波乃は姿を消したが、すぐに現れると下駄を履いて庭におりた。手には前日祖母の咲江が持って来た煎餅《せんべい》の詰めあわせのうちの、何枚かが握られていた。

波乃は黙ったまま左手の掌《てのひら》に載せた煎餅を波の上に食べさせ、右手で静かに頭を撫《な》でてやった。さらに強くなにかを感じたのか、波の上の尻尾はいつもより低い位置で、控え目に振られていた。

波乃が座敷にあがって姿が見えなくなると、信吾は黙って懐から紙片を出して、その二枚を波の上に嗅がせた。もちろん無言のままである。

十分に嗅いだ波の上は、緊張した目で信吾を見あげた。

――おなじ匂いがしたか。それとも二枚でべつだったか。

――おなじですが、これは。

波の上の受け答えが、前回とは微妙に変わっている。

信吾は「マンジュウを喰ってみるか」を、続いて「采女原にも風情あり」を波の上に見せた。字は読めないだろうが、犬は犬なりに識別できる方法があるはずである。

――こっちが母屋、これは将棋会所の伝言箱に入れられていた。これまでのとはべつの匂いだな。

――べつです。

――わかった。おなじなら、名犬の波の上が見逃す訳がない。

――一体、どういうことで。

――伝言箱は母屋も会所も通り掛かりに入れられるよう、どちらも道に面している。

波の上が匂いを嗅いだことのない男が、通り掛かりに投げ入れれば、いかな名犬と言えど気付く訳がないからな。

――まさにおっしゃるとおりで。ただ、その名犬ってのは止《よ》してくれませんか。なんだか重荷になってきました。

明らかに口調が変わった。前回までは仲間感覚というか、遊び半分の気持でいたのだろう、それが信吾の表情や、波乃がひと言も声を掛けなかったことで、明らかにこれまでとちがうと感じたらしい。

――いや、おれは名犬だと思っている。今度のことは、おまえの力とは関係のないところで動いたからな。いかに名犬「波の上」であろうと、手の打ちようがあるまい。

――きついなあ。お願いですから、そう追いこまないでくださいよ。

これでようやく信吾と波の上は、本来の主従関係に立ち返ったということだ。おなじ従者同士であれば、常吉を同等に扱ってもらいたいものである。だがこれからも波の上は、常吉は自分の世話係だとの思いを変えないだろう。

浅草界隈《かいわい》を縄張りにしている野良犬の一団では、順列が明確に付けられていた。

飼い犬もやはり飼い主一家を順位で見ていることは、野良の親玉の話で信吾は知っている。餌を作って与える女房が第一位、亭主は威張っていても犬の目から見れば第二位なのである。そして飼われている犬が第三位であった。子供がいたり夫か妻の親が同居していたり、奉公人や居候がいたりすると、犬は正確にそれらの力関係を見抜くとのことだ。そして順位を付けるが、夫婦以外はすべて飼い犬より位が下であった。

だから順位が下の子供が、親の真似をして飼い犬に命じたりすると、牙を剝《む》き、鼻の頭に皺を寄せて威嚇するのである。子供が泣くと親は犬を叱り付けるが、なにもわかっていないということだ。

――今回のことは、おれが感じていたより遥《はる》かに難しそうだよ。ここはおまえの力を借りねば、どうにもなりそうにないのだ。

主従ではあるが、おれはおまえを頼りにしていると、信吾は関係を明確に打ち出しておいた。

――わかりました。お力になりますので、なんなりと言ってください。

――ありがたい。これでなんとかなりそうだ。ただあまり力まんでくれよな。おまえがおまえらしくやってくれれば、まちがいなく力になってもらえると信じてるんだおれは。

波の上は黙っておおきくうなずいた。

――正直言うと、おれもいささか甘く見ていたところがある。まず、相手を一人だと思っていた。

――嗅がせてもらった、最初の三枚の紙の男ですね。

――男だと思うが、もしかすると女かもしれない。

信吾は念のため訊いてみた。

——男です。

——いやにきっぱり言ったが、本当にわかるのか。

——おおよその齢もわかりますよ。若者か娘か、中年か年寄りか、伴侶《つれあい》がいるか独身《ひとりみ》か、くらいの見当は匂いを嗅ぐなり付けられます。

——そりゃ、たいしたものだ。

——あの男、というのは最初の三枚のやつですが、齢は三十歳前後で、莨《タバコ》好きです。相当に喫煙《のん》でいて、歯は脂《やに》で黄色くなっているはずですよ。

——そこまでわかるとなると心強い。ところで相手は一人でないとわかった。

——最初の三枚と母屋側に四枚目を入れた男、そして今日、母屋と将棋会所の伝言箱に入れた男ですね。

——おそらくほかにもいるはずだ。残念ながらこっちには、ほとんどわかっちゃいないのだよ。だれがなにを考えているのかもね。

——となると次ですが。おれとしても、ここはなんとかしたい。

——ただ、焦らぬことだ。

本当なら、そんな悠長なことは言っていられないのである。なにしろ船饅頭と采女原の夜鷹をねらうと、相手が宣言したのだから。

信吾はこれまでの経緯《いきさつ》を話すことにした。

犬、それもまだ若い犬のことである。柳原の土手や采女原がどういう所か、いや夜鷹や船饅頭がどういうものか想像できないだろう。だが信吾は話した。少しでも多くを共有しなければ、問題の解決に漕《こ》ぎ着《つ》けないと感じたからである。

考え方とか記憶の仕方は人とかなりちがうようなのだが、話していて信吾は手応えを感じていた。なんと言えばいいのだろう、思考より直感とでもいうのだろうか、感覚的にかなりのことを理解、把握しているとわかるのである。

これは思ったより頼りになる。それが信吾の実感であった。

七

伝言箱から取り出した紙片を、信吾は冷静な気持で見ることができた。波の上が吠えなかったということは、最初の三枚の男でも母屋と会所の伝言箱に入れた男でもない。二つに折られた紙片を開いた。一瞥《いちべつ》しただけでこれまでの人物でないことが明らかで、となると相談客ということである。

それまでは二寸（約六センチメートル）と三寸（約九センチメートル）ほどの紙片に、謎めいた文が一行だけ書かれていた。ところが新たな伝言は、折り畳むとそれまでの伝言の寸法になる紙片に、おなじ字数で六行に書かれていたのである。しかも、意味の通る文になっていた。

相談したきことあり
本日正午に茶屋町《ちゃやまち》の
雷にお越し願いたく
ご都合悪《あ》しき場合は
縁なきことと心得て
お忘れいただきたし

読み終えるなり、信吾は声をあげて笑ってしまった。千三屋万八《せんみつやまんぱち》との、人を喰った署名が入っていたからだ。

千三は「千に三つしか本当のことは言わない」の意で、万八は「万に八つ」だから遥かにその上を行く大嘘つきの意味である。千三も万八も、京大坂《きょうおおざか》から伝わった言葉のようだ。

法螺《ほら》吹きだと名乗るくらいだから、惚けた男にちがいない。少なくともまともでない、ひと癖もふた癖もある変わり者だろう。

意味あり気に書かれた六行を読み直すと、少しだけだがわかったことがあった。

相談があると冒頭に書きながら、信吾に都合が付かなければ、なかったことにしてくれていいとある。となると深刻な悩みではないということだろう。ともかく相手が一度会ってみるかくらいの軽い気持でいるのなら、信吾としても気が楽であった。

待てよ、そう思わせて、断れなくするねらいではないだろうか。いや、そこまで勘繰ることはあるまい。それに信吾は、相談客であれば予定が入っていても変更して、会うようにしていたのだから。

署名だけでなく会う場所も記してあることからすれば、名前はふざけていても、相談者は意外とまじめな性格かもしれないと信吾は思った。字数をそろえた六行書きにも、几帳面《きちょうめん》さは表れているようだ。

千三屋万八は知ってか知らでか、茶屋町の「いかずち」を指定してきた。それは信吾の幼馴染《おさなな じみ》染鶴吉《つるきち》の両親が営む茶屋の名であった。

見世の名は正しくは「雷」ではなく「いかずち」だが、万八の記憶には「雷」と刻まれているのだろう。よくあるとまでは言わないが、思いこみや勘ちがいがないとは言い切れない。でなければ字数をあわせるために「雷」と書いたのだ。

広大な敷地を持つ浅草寺の塔頭《たっちゅう》、いわゆる脇寺への参詣人だけでなく、奥山での見世物には多くの人が集まる。地方から講を組んで江戸見物にやって来る人たちのほとんどが、最初に訪れるのが浅草寺であった。

また暇を持て余した勤番侍が、時間を潰すのも浅草寺が筆頭である。以下両国広小路と向こう両国に回向院《えこういん》、上野の下谷《したや》広小路と相場が決まっていた。

茶屋「いかずち」はそのような連中を当てこんで、雷門《かみなりもん》のまえに道路を挟んで東西を占める茶屋町に見世を構えている。

奥山で見世物を見物し、仲見世《なかみせ》や広小路で故郷の人への江戸土産を求めた人たちは、茶を一服して疲れ切った体を休めた。饅頭や菓子を求め、軽食し、酒を飲む者も多い。そのためだろう、「いかずち」はけっこう繁盛しているようだ。

正午に茶屋で会うとなると昼食をすることになるので、朝食のときに波乃には、常吉と二人で食べるようにと話しておいた。

字数をそろえた六行書きには、波乃も興味を持ったようだ。

「もしかすると、悪戯《いたずら》を仕組んだのは鶴吉さんかもしれませんよ」

「あいつが、そんなややこしいことを考えるとは思えない。それに伝言の字が鶴吉とはちがうもの」

「自分であることを隠すために、だれかに頼んだのかもしれないでしょ。そうよ、きっとそうにちがいない。信吾さんを自分の見世に呼ぶので、照れ隠しにこんな芝居を打ったのじゃないかしら。夜中か朝まだ暗いうちに、どんな顔をして伝言箱に入れたのでしようね。鶴吉さんならよく知っているので、波の上は吠えなかったんだわ」

おもしろがっているだけかもしれないが、理屈はちゃんとあっている。

「鶴吉がわざわざ、おれに相談するとは思えないがなあ」

「もしかして、好きな人ができたけれどうまく運ばないので、知恵を貸してほしいと思ったのかもしれないでしょう」

「それはないよ。おれがなんと言うか、あいつは知っているもの」

「あら、なんて」

「ふざけてないで鏡と相談しろ。それしかないだろう」

「ひどい。だって友達で、幼馴染で、手習所もいっしょだったんでしょ」

「こういうときは正直に伝えるのが、真《まこと》の友達ってもんだ。それに好きな人といっしょになりたいなんて、あいつが相談に来る訳ないよ。もしもそうだとしたら、鶴吉なら真《ま》っ直《す》ぐここへ来るはずだ。キューちゃん、一杯やろうぜって」

キューちゃんとは竹馬の友ならぬ竹輪の友の、鶴吉、完太《かんた》、寿三郎《じゅさぶろう》が呼ぶ信吾の愛称である。「シンゴ」を「四ン五」、それを「四ノ五」と取り、四と五なら足して九なのでキューちゃんとなった。手習所に通うまえの子供の考える渾名や愛称は、そのような他《た》愛《わい》ないものが多い。

「鶴吉さんでなければ、竹輪の友の三人の企みかもしれません」

「波乃はえらくこだわるなあ」

「千三屋万八たぁ、おれたち三人の世を忍ぶ仮の名なり、以後お見知りおきを、なんて言いそうじゃないですか、あの三人なら」

やはりあれこれ想像して、おもしろがっているだけだったようだ。

九ツ半（一時）か遅くなっても八ツ（二時）までにはもどると、信吾は甚兵衛と常吉に将棋会所のことを頼んでおいた。指定より少しまえに「いかずち」の暖簾《のれん》を潜《くぐ》ったが、昼どきということもあって満席で、訛《なま》りの強いお国言葉が飛び交って騒々しかった。

土間の席だけでなく、奥に上がり座敷がいくつかある。座敷と言っても暑いので襖は開け放ってあるため、少しおおきな声で喋れば話は筒抜けだろう。

上がり座敷の一つに、信吾と年恰好《としかっこう》の似た若い男がいた。おそらく千三屋万八だろうが、信吾の思い描いていた伝言の人物とは、なぜか合致しなかった。

物静かな実直そのものの商人《あきんど》としか見えず、ひと癖もふた癖もある変わり者とは重ならないのだ。相手も信吾に気付いたことからすると、違和感はあるにしても、その若い男が万八本人と考えるしかない。

信吾がそちらに向かおうとしたとき、横手から声が掛かった。

「キューちゃんじゃないか、こんな時刻に珍しい。どういう風の吹き廻しでやって来たんだい」

「風の吹き廻しだなんて、人を鉋屑《かんなくず》みたいに言わないでくれよ」

つい昔の口調が出てしまう。

林立した銚子《ちょうし》と盃《さかずき》を並べた盆を持って、中暖簾の奥から出て来たのは鶴吉であった。

信吾より頭一つ分ほど背が低く、薄い眉と垂れた目をしている。

鶴吉は「いかずち」の息子だから驚くまでもない。やがて見世のあるじとなる鶴吉は、今は修業中ということで、両親に奉公人同様に使われているようだ。

「待ちあわせにここを指定されてね。雷門のまえなら『いかずち』ってことらしいが、けっこう知られた名なんだな」

それは聞き流して、鶴吉は見世の奥を顎で示した。

「だったら、お待ちだよ」

茶屋の息子だからすぐにわかったらしく、若い男の待つ小座敷を示した。上がり座敷とは名ばかりで、わずか三畳と狭いものだ。

盆を捧《ささ》げた鶴吉は、酒を註文《ちゅうもん》した客の席に向かっている。

「お待たせいたしました」

膝立ちして挨拶しようとした相手を手で制し、信吾は頭をさげてそのまえに坐った。

信吾ほど背丈はないが、ふっくらとしていて、全身の醸す雰囲気も柔らかである。まさか猫を被《かぶ》っている訳ではないだろうが、もしそうだとすればそれこそ曲者《くせもの》と言うしかない。

「万八さんですね。初めまして、てまえが伝言をいただいた信吾です。どうかよろしく」

客の中に興味を抱く者はいないだろうが、万が一を考えて信吾は「めおと相談屋」を省いて名乗った。この仕事は、それくらい慎重にして丁度いいのである。

「お呼び立てして申し訳ありません」と、頭をさげてから若者は続けた。「それにしても、まさかご存じのお見世だったとは」

万八を称した相手は、鶴吉との遣り取りから事情を汲《く》み取《と》ったようであった。

「先ほどの男とは、手習所に通うまえからの幼馴染でしてね」

「そうでしたか。そんなこととは露知らず」

「てまえは万八さんこそ、こちらとご縁がおありかなと思いましたが」

すでに気持は相談屋に切り替わっているらしく、信吾は自分をごく自然に「てまえ」と呼んでいた。

八

「わかりやすいと思ってここに決めたのですが、信吾さんのお仕事からすれば」

無意味な配慮だったようだ、と万八は言いたいらしい。

「いえ、とんでもない。相談事に集中したいですから、そのお心遣いはありがたいです。ここであれば、余計な気を遣わなくてすみますので」

「お酒を頼みましょうか」

相談を持ち掛ける手前もあって、万八はなにかと気を遣っているようだ。

「相談屋のほかに将棋会所もやっておりますので、仕事のある昼間は飲まないことに。ですがよろしかったら、てまえにはかまわずお飲《や》りください」

「父母のどちらの血のせいかわかりませんが、酒を受け付けぬ体でしてね。……でしたら食べ物を頼もうと思いますが、信吾さんのお好きな物がわからないので勝手に頼んでしまいまして。ほかになにかお取りしましょうか」

すでに煮物、酢の物、刻んだ青紫蘇《あおじそ》を添えた豆腐の皿などが、五品ばかり並べられていた。

「これで十分です。お気遣いいただきましたが、てまえは好き嫌いがなくて、なんでもおいしくいただける質《たち》ですので」

子供時分には好き嫌いがあったが、料理屋の倅《せがれ》がそれではいけないと、両親や大女将《おおおかみ》の咲江に、食材それぞれの特質や持ち味を繰り返し教えられた。そして食べさせられているうちに、いつの間にか味がわかるようになっていた。

それだけではない。いかにおいしく食べてもらうかに腐心する料理人たちに接していたためだろう、気が付くと好き嫌いはなくなっていたのである。

信吾以上に選《え》り好みの激しかった弟の正吾《しょうご》だが、やはり若者に成長したときには、好き嫌いは解消していた。商売人はそのようにして、子から孫へと伝えて行く。それこそが真の教育なのだと、今になってわかるのであった。

促されて信吾は箸を手に、料理を小皿に移した。なんでもおいしくいただけますと言いはしたものの、江戸見物の客が相手のためだろう、素材の持ち味が十分活かされているとは言えず、総じて大味であった。

しばらく食べ物を口に運んでから、万八は箸を置いた。

「随分と自分勝手な伝言で、呆《あき》れられたのではないですか」

「とんでもない。悩み迷われている方は、みなさんそれぞれちがった事情と理由をお持ちですからね。そのため伝言も、まさに千差万別と言っていいほど多様です」

「だから信吾さんは、わたしの伝言をご覧になっても、驚かなかったし、呆れもしなかったということでしょうか」

「いえ、驚くも呆れるも、あれだけではなにもわかりません。ほとんど白紙と言っていい状態ですから」

「会ってみなければわからない、と」

「その上で、話をお聞きしなければ」

「依頼人本人、つまりわたしに会ってわかったことが、なにかとおありなのでは」

「だといいのですが、八卦見《はっけみ》ではないですから、お顔を拝見しただけではほとんどわかりません」

万八はおおきくうなずきはしたが、そのまま引きさがることはなかった。

「ほとんどわからないということは、ごくわずかではあってもおわかりのことがおありだ、ということですね」

もちろん相談事があるのだろうが、意図的にそれに触れないよう、あるいは故意に先延ばししている気がしないでもない。それとも相談より信吾との遣り取りそのものを、楽しみ始めたように感じられなくもなかった。

いや、単に粘っこい性格なのかもしれないが、それは口にできることではない。

「なんだか試されているようで、だれかに相談したくなりました」

軽い皮肉を含めて冗談っぽく言うと、万八も軽い笑いを浮かべた。

「そう硬くならず、相談まえの雑談のつもりで、軽くお考えくださってけっこうです」

やはり信吾の直感は、中《あた》らずと雖《いえど》も遠からずであったようだ。

ふと思ったのは、万八は相談が続くとの言い方をしたが、本人としては考えがおよそ決まっているのではないか、ということであった。どことなく信吾との遣り取りを楽しんでいるような気がするのは、これまでの相談相手に何人かおなじような人がいたからである。

相手が楽しんでいるのなら、さらに楽しんでもらうのが商売人だろう。となると楽しませるだけでなく、少し脅かしたほうが効果はおおきいはずだ。

万八が悪戯心で仕掛けてきたのなら、信吾もおなじ方法で切り返すべきである。だがやる以上は相手の期待に応えつつ、意表を衝《つ》くとまではいかなくても、驚かさなくてはならない。

「六行に纏《まと》められた伝言を読み、実際にお会いしてお顔を拝見、わずかではありますが言葉を交わしてまいりました。てまえがそう多いとは言えない相談屋の仕事で得ましたことをもとに、万八さんの相談にお答えいたします」

まさか信吾がそう切り出すとは、考えてもいなかったらしく、万八は目を丸くした。

「答えますとおっしゃったが、こちらの話も聞かずにですか」

「はい」

「どういうことだろう」

「理由は単純で明快です」

信吾は自信たっぷりに言い切った。

「どういうことでしょう」

おなじことを、いくらか控え目に万八は繰り返した。それまでは自信に溢《あふ》れていたとまでは言わなくても、視線は余裕をもって信吾に注がれていた。それが不意に安定を失い、定まらなくなったのだ。

なにがこの男を動揺させたのだろうとふしぎな思いがしたが、それはわずかな時間で、万八はすぐに自分を取りもどしていた。

「どのような事情で悩みの迷路に踏み入ったのかは知りませんが、七転八倒の末に万八さんは、ご自分なりの結論に達したはずです。ですからそれを実行なさればいいのです。ところがとことん苦しみ抜かれた問題だけに、自信がない訳ではないのに、いざとなると、どうしても踏み切ることができないのではないでしょうか。ですからだれかに問題はないから考えている方向に突き進みなさいと、たしかなひと押しをしてもらいたかったのだと思いました」

とは言っても、友人や知人に持ち掛ける訳にはいかない。万八が知られたくない秘密に触れざるを得ないだけでなく、一から十まで順を追って話す必要があるからだ。しかも話したからと言って、たしかなものを得られる保証はない。

ところが万八は「めおと相談屋」の看板を目にし、あるじが自分とあまり変わらぬ齢であることも知った。若すぎるのが難点と言えなくもないが、相談にうまく答えてくれて解決の糸口を見付けられればよし、頓珍漢なことを言えば、それはそれでおもしろいではないかと思い直した可能性がおおきい。

万八は全力を傾注して考えた。そしてあるじが喰い付くにちがいない、字数をそろえた六行の、いかにも意味ありげな伝言を箱に入れたのだ。そう信吾は推し量ったのである。

それが事情を聞かずに相談に答えた理由だと、信吾は相手の目を見据えたまま言った。そして念を押したのである。

「相談にお答えしましょう。万八さんはまちがっていないと断言します。ご自分を信じて考えをお進めなさい」

万八がゴクリと唾を呑みこむ音が、聞こえたような気がした。でありながら自分の思いを口にすることなく、万八の目は信吾を凝視し続けている。おおきなズレはないと、信吾はたしかな手応えを得た。

長い時間、そのままの状態が続いた。

かなりの自信はあったのである。いや、確信していたと言っていい。だが相手の顔が強張《こわば》って、沈黙が続き、その目になんらの兆候も表れないと、急激にその自信が萎《しぼ》んでゆく。

いつの間にか聞こえなくなっていた江戸見物の団体客のお国訛りが、一気に騒音となって耳に咬み付いた。食器の触れあう音や、食べながらの喋り声が輪を掛ける。それに気付くと同時に、溢れんばかりだった自信が消し飛んでしまった。

堪《こら》え切れなくなってなにかを言わなくてはと思ったとき、相手の目と表情が一気に緩んで、刷毛《はけ》で刷いたように強張りが消えた。万八が満面に笑みを浮かべたのである。

「さすが相談屋さんです。わたしの迷いは消えました。自分がこうと決めたことを推し進めましょう。となると相談料ですが、いかほどお支払いすればよろしいのでしょう」

まさに地獄から極楽へ、ひと足で飛び越えた感があった。となると、江戸の地で初めて相談屋を稼業とした男である。信吾はたっぷりと間を取ってから静かに言った。

「百両」

九

万八が絶句するのを見て、今度は信吾が満面に笑みを湛《たた》えた。

「てまえが通常の形で相談に応じて、ちゃんとした答を示すことができたのでしたら、それだけいただいてもいいかもしれません。なぜなら一人の男の、一生を決めることになる重大事ですからね」

どういうことでしょう、とでも言いたげに万八は首を傾《かし》げた。

「ところが万八さんは、ご自分で答を出しておられた。てまえはそれでいいですよと認めただけです。軽く背中をひと押ししただけですから、とても百両もの大金をいただく訳にはまいりませんが」

ここに到《いた》って万八は、微妙に表情を変えながら導く信吾の術中に、完全に嵌《は》まってしまっていた。もはや蛇に睨まれた蛙同然と言っていい。

「……が、ですか」

「でしたら、相談料を申してもよろしいでしょうか」

「も、もちろんです」

信吾がどう出るかとの不安もあったのだろう、万八の声は上擦っていた。

「相談料として、今日の支払いを持っていただきたいのです」

万八は口を開けたまま言葉にならない。

「いかがなさいました」

「勘定は最初から持つつもりですから当然のことで、それを相談料という訳にはまいりません」

「ならば一つだけですが、付け加えてもよろしいでしょうか」

「もちろん。なんなりと」

「怯《おび》えないでください。まさか、命をいただきたい、などとは申しませんから」

「そ、そんなことは、思ってもいませんよ」

「付かぬことを伺いますが、万八さんには奥さまはおいででしょうか」

「え、ええ。一人ですが、おります」

言ってから、さすがに変な返辞だと気付いたのだろう、万八は思わずというふうに苦笑した。

「一人で十分だと思います。二人、三人となると、揉《も》め事《ごと》の種となりますから」

「たしかにそうですね。それにしても、まいったなあ」

それまでは商人ふうな丁寧な言葉遣いであったが、そこに至って万八は一気に年相応な若者の口調に代わった。

「信吾さんと話していると、なぜか自分が若僧に、いや若僧にはちがいないけれど、まるで子供に思えてしまうからかなわない」

「てまえにも女房が一人おりまして」と言って、信吾は笑ってしまった。「亭主のてまえが言うのもなんですが、ちょっと愉快な女でしてね。いっしょに相談屋をやって、多くの人の悩みや迷いを解消してあげたいと励んでいるのですが、てまえにないものを持っているので、何度も助けられました。万八さんご夫妻とは、楽しいお付きあいができると思います。これをきっかけに末永くお付きあい願いたいのですが、となりますと、まずは近いうちに食事の会を持ちたいですね」

「是非ごいっしょに、もちろん四人で」と、万八は身を乗り出した。「わたしは見てくれのとおり、まじめなだけが取り柄の退屈な男ですが、家内はそれに輪を掛けたような、まともな上にもまともな女なのです。信吾さんはこれまで、見たことも会ったこともないお方です。その信吾さんが、ちょっと愉快なとおっしゃるのですから、奥さまは桁外れの、わたしなんかは度肝を抜かれるようなお方なのでしょうね。信吾さんとわたし、いえわたしたち二組の夫婦は火と水、お陽《ひ》さまとお月さんほどもちがっているという気がします。中途半端に似通っているより遥かに楽しい、喰いちがいも含めてですが、おもしろい話ができる気がするのです。あの、信吾さん」

「なんでしょうか」

「百市《ひゃくいち》です。わたしの名でしてね。わたしは百市と申します。ヒャクは九十九の次の百で、イチは市場の市と書きます。千三屋万八などというふざけた名前で呼び出して、本当に申し訳ありませんでした。これからは百市としてお付きあい願います」

「ありがとう、百市さん。言われて気が付いたのですが、そのお名前はまさに千三屋万八さんにぴったりですね」

「どういうことでしょう」

「数字の並びがきれいです」

「ますます訳がわかりません」

「百市は百に一つ、千三は千に三つ、万八は万に八つとなるでしょう。とても並びがいいじゃありませんか」

「へえ、おもしろい。気付きもしませんでしたよ」

「てまえは幼馴染たちと言葉遊び、謎掛けや駄洒落ですね。そんなことに夢中になった時期があるのです。だから言葉や数字に、とても敏感になったのかもしれません」

「仲間に入れてもらいたかったなあ」

「万八さんも味のある名前ですが、百市さんと一対一でお付きあいいただけるとなると、これほどうれしいことはありません。これが相談屋の役得と申しますか醍醐味《だいごみ》でして。相談にお見えの方と短いあいだにすっかり打ち解けて、以後は親しくお付きあいいただいている方が何人もいます。普通の商売をしていては、そのような機会はまず得られないでしょう。相談屋を開いて本当によかったと、てまえは思っていましてね」

百市は偽名を使って、意味あり気な伝言を箱に入れたことを改めて詫《わ》びた。そして日本橋のすぐ南にある元四日市町《もとよつかいちまち》で鰹節《かつおぶし》と塩干肴《しおぼしざかな》の問屋を営む伊勢屋百兵衛《いせやひやくべえ》の倅だと告げた。ここに到って、ようやく自分を信吾に委ねたのだ。

「それにしても、わたしの気持がほぼ決まっていて、自分の考えで進めていいかどうかの踏ん切りが付きかねていると、信吾さんはよく見抜かれましたね。しかも、わたしの悩みの内容を知りもしないで」

「知っていたらあんな大胆な、乱暴極まりないことは言えなかったかもしれません」

「ですがまさに的を射ていました。信吾さんに的確に指摘していただきながらこんなことを言ってはなんですが」と、百市は試すような目になった。「わたしの決断がまちがっていたとしても、責任を取ってはいただけないのでしょう」

「取りませんし、取れません。決して無責任に言っているのではなく、その必要がないから取らないのです」

「必要のあるなしの問題ではないと思いますが」

「断じてその必要はありません。迷った末にやらなかったら、人は手ひどい目に遭って後悔することが多い。いえ、大抵の人がそうです。ところが決断して推し進めた人は、ほとんどが成功しますから」

「ほとんどと申されますと、成功しない場合もあるのですね」

「いえ、最初はうまく行かないかもしれないということです。もし考えたとおりに行かなくても、決断できるほどの人は第二、第三の手を講じます。それが成功に導いてくれますので、百市さんはかならず難問を解決できるはずです」

百市はフーッと、長くておおきな溜息《ためいき》を吐《つ》いた。

「悩みに悩んでいたときには、周りが灰色にしか見えませんでした。今、なにもかもに色が付いて蘇った気がします。信吾さんに相談に乗っていただいて本当によかった。前向きに生きていれば、壁にぶつかっても乗り越えられるということが、はっきりとわかりましたから。ところがこれまでのわたしは、まえよりもうしろや横にばかり気を取られて、そのため悩みや迷いを呼びこんでいたようです」

それがわかったことで百市は迷いがなくなり、ひと廻りもふた廻りもおおきくなれるのではないだろうか。遣り方があまりにも大胆かつ露骨すぎると思ったが、今回の百市の相談を通じて、信吾は相談屋としての自分の仕事に、いくらかではあっても幅を拡げられたのである。

これは思いもしない収穫であった。

相談料こそ得られなかったものの、長い目で見ればそれに匹敵するものが得られたという気がする。百市という新たな友ができたこともおおきい。

信吾は相談屋として関わりを持った人たちと、それだけで終わりたくないと思っている。何度か会って協力しあったり、楽しい時間をすごしたりした人は多い。波乃と相手側の奥さんを交えて、四人で談笑したこともあった。信吾はそういう人たちを紹介しあって、より豊かな関係が得られるのではないかと思っている。

なんとなく、房右衛門のときと似ている気がしてならない。千三屋万八こと伊勢屋百市には喜んでもらえはしたものの、もう一つの問題は進展しないいまだ。

相談屋の仕事ではないのに巻きこまれてしまい、抜け出すことすらできなくなってしまった。しかしこのままですむ訳がないのである。相手のことも、なにを考えているかもわからないが、関わったからにはなんとしても解決しなければならなかった。

しかし自分からは動けず、ただ相手の仕掛けてくるのを待たねばならないのだ。

相談屋の仕事はひたすら待つことで、客からの接触がなければなにも始まらない。それを強く意識している今日このごろである。

波の上は思ったよりも頼りになりそうだが、と言って非力であることは信吾自身と変わるところはない。

しかしこうなった以上は、相手の次の動きを待つしかか、信吾に方法はないのである。気の重い話だ。

しかし待とう。待つしかないのだから、ひたすら待つとしよう。

手妻遣い

「采女原のことは出ていませんでしたか、茂十さん」

対局が終わったので相手に頭をさげてから、信吾は一つ離れた席の茂十にそっと訊《き》いた。勝負を終えたが次の対戦者が決まらず、手持無沙汰にほかの客が指すのを見ていたからだ。

一

茂十は怪訝《けげん》な顔をして首を傾《かし》げた。信吾が向かいに席を移したのは、ほかの将棋客の邪魔にならぬよう、静かに話そうと思ってのことである。

茂十が首を傾げたのもむりはない。かれが持参した瓦版に書かれていたことが話題になったのは、一刻《いっとき》（約二時間）近くもまえであった。しかも茂十は、伝言箱に入れられた紙片になにが書かれていたかを、いや紙片そのものを知らない。であれば唐突に采女原のことを訊かれても、訳がわからなくて当然だろう。

瓦版に書かれたことが話題になったとき、信吾は話に加わりたくて仕方がなかった。しかし対局している相手がそれほど関心を示さなかったので、中断してもらう訳にはいかなかったのである。

勝負が決するなり茂十に声を掛けたのは、信吾が対局中ずっとそのことを気にしていたからだ。

「なんですか、采女原って」

「いえ、先ほどの瓦版のことですがね」

訊かれた信吾が声を落として答えると、茂十も小声になった。

「ああ、船饅頭《ふなまんじゅう》が殺されたってやつですか。だけどあれは三ツ俣《みつまた》近くの永久橋ですから、采女原とはまるで」と言ってから、茂十はそうかという顔になった。「もしかして、席亭さんの馴染《なじ》みの女が」

「采女原にですか。まさか」

信吾が目のまえで手をおおきく振ると、茂十も笑った。

「波乃さんがいるのにあんなとこに通ってちゃ、ただではすみませんものね。となると昔の馴染みかな」

「冗談がすぎますよ、茂十さん」と笑ってから、信吾は真顔になった。「このまえ柳原土手で、夜鷹《よたか》が殺されたでしょう。続いて船饅頭となると、采女原にも夜鷹が多いと聞きましたから、あるいはねらわれはしないかと思いましてね」

夜鷹の本場として知られているのは、横川《よこかわ》に架かった法恩寺橋《ほうおんじばし》の西側にある本所吉田《ほんじょよしだ》町《ちょう》と、千代田のお城を挟んで反対方向になる四谷《よつや》の鮫河橋《さめがはし》である。伝言箱に入れられた紙片に采女原とあったのは、吉田町と鮫河橋では遠すぎるので、近場ですませるということかもしれない。

吉田町は大川の東岸で、吾妻橋《あづまばし》からはかなり歩かねばならないし、両国橋からだとさらに遠い。舟を利用してもけっこうな時間を取られる。

一方の鮫河橋は、外堀のさらに西側であった。しかし柳原土手なら神田、浅草、両国、日本橋辺りからは近いし、采女原にしても、多少離れてはいるものの遠いというほどではない。

「ああ、それで采女原と。しかし、出ていなかったと思いますよ」

言いながら将棋盤の下から瓦版を取り出して、茂十は素早く全体を見直した。

「やはり出ていませんが、なにか」

「いえ、ちょっと気になったもので」

「それにしても、物騒な世の中になったものですね」

そのとき少し離れた席から声が掛かった。

「茂十さん、てまえも手が空きましたから一番願えませんか。八ツ（二時）の鐘が鳴って半刻（約一時間）近くになりますから、早指しになりますけれど、よろしかったら」

「ああ、願いましょうかね」

笑顔で受けた茂十は瓦版を信吾に渡した。

「よかったら差しあげますよ。てまえは読みましたし」

「申し訳ない」

信吾は頭をさげて受け取ると、四つに折られた瓦版を拡《ひろ》げた。例によって見出しと挿絵はどぎつく、本文は文字が掠《かす》れ気味で読み辛《づら》い。

永久橋たもとで
フナマンジュウご難

柳原土手のヨタカ殺しと
おなじ賊か

二つの見出しが紙面を前半と後半に分け、中央下寄りに挿絵が入れられていた。岸に着けた小舟の船首で船饅頭と呼ばれる遊女《あそびめ》が、船尾近くで男が無惨に斬り殺されている。

船で大川を下って長さ百十六間（約二一〇メートル）の新大橋《しんおおはし》を潜《くぐ》り、右岸に沿って進むと左手に中州がある。途中で右に折れると浜町河岸への堀があるが、直進すれば永久橋が架かっていた。その先の箱崎橋までの南岸が、箱崎町の一丁目と二丁目であった。

永久橋と箱崎橋の辺りが、船饅頭の出没する場所として知られている。舟が三ツ俣の中州をひと廻《まわ》りするあいだに、コトをすませると言われていた。いわゆる「ちょんの間」というやつだ。

箱崎橋を抜けて右、つまり北に進み、次を左に折れて江戸橋、日本橋、一石橋《いっこくばし》をすぎて右に折れる。常磐橋《ときわばし》を潜ると突き当たりが鎌倉《かまくら》河岸であった。

その手前に竜閑橋《りゅうかんばし》があるが、橋周辺や堀のすぐ東にある白旗稲荷《しらはたいなり》の辺りは、永久橋や箱崎橋と並び船饅頭の多いことで知られている。両国橋を東に渡って少し上流にある百本杭《ひゃっぽんぐい》近辺も、それらに負けず有名であった。

つまり、ある程度の人通りがありながら、岸に小舟を寄せているので、暗くなればまず気付かれなくてすむ。そのような場所を選んで、船饅頭は稼いでいるということだ。

事件はそれらの一つで起きた。永久橋をすぎてすぐの箱崎町二丁目の岸に着けた小舟の中で、船饅頭の死骸が発見されたのである。

艫《とも》で斬られていた男は亭主だが、船頭としてよりも、金払いのことで客と揉《も》めたときのために船尾近くに潜んでいたらしい。女房が客と寝るのがわかっていてのことだから、なんとも因果な役である。その上殺されたのでは、浮かばれないだろう。

柳原土手の夜鷹は夜の白々明けに殺されたが、船饅頭は検使によると九ツ（深夜零時）から八ツ（二時）ぐらいに掛けてとのことらしい。夜鷹のときとはちがって伝言箱に投げ入れられた紙片は、殺害時刻については触れていなかった。

夜が明けて六ツ（六時）ごろ蜆《しじみ》売りの少年が気付き、大騒ぎになったとのことだ。

夜鷹も船饅頭も一刀のもとに斬り捨てられている。その斬り口の鮮やかさからして、おなじ賊の仕業だと考えられると書き手は結んでいた。言葉ではひと言も触れていないが、どう読んでも哀れな女たちを殺《あや》めたのは武士としか考えられないというふうに読み取れるのである。

信吾は暗澹《あんたん》たる思いに囚《とら》われた。

伝言箱に入れられた最初の二枚「知らぬがホトケ」と「イワシの頭も信心から」に関しては、皆目見当が付かなかった。だれがなんの目的で入れたのかはもちろん、なにを言いたいのかも不明だったのだ。

しかし三枚目の「ヨタカハアサガタカタガツク」で、書かれたことが現実となったため様相は一変した。柳原土手で客を取っていた夜鷹が、朝方に片を付けられたからである。これで紙片が予告だったと明らかになった。

すると一、二枚目はようす見だったのだろうか。信吾の反応を見てから、三枚目を入れたと考えられなくもない。

以後はなにも起こらなかった。もしかすると単なる偶然だったのかもしれない、という気さえしたほどだ。紙片と夜鷹殺しには関係がなく、たまたま続けて起きたと考えられないでもない。次の紙片が伝言箱に入れられないこともあって、信吾はそう思いたかったのである。

しかしほどなく「美晴と金太がくっついた」が入れられ、信吾は判断に苦しんだ。ところが嘲笑《あざわら》うかのように、「マンジュウを喰《く》ってみるか」が母屋の、「采女原にも風情あり」が将棋会所の伝言箱に入れられた。そんなことは断じて起きてほしくないが、それが予言であるなら、瓦版が取りあげるような事件が起きるはずだ。

その思いが次第に強まるのを、信吾はどうすることもできなかった。

やがて信吾は、昼の九ツ半（一時）ごろに聞こえる下駄音《げたおと》を、自分がひどく気に掛けていることに気付いた。将棋会所の客たちは近所の人が多いので昼は食べに帰るし、でなければ飯屋や蕎麦屋《そばや》に出向くか店屋物を取る。弁当持参の人もいた。

以前は食後に大川端を散策するとか、寺社の境内で気分転換する客もいなくはなかった。ところが暑いこともあるのだろうが、だれもが早く会所にもどっていた。

だから九ツ半ごろに姿を見せるのは、茂十ぐらいにかぎられていたのである。信吾は茂十の仕事を知らないが、朝まだ暗いうちに起きて午前中に片付けてしまうらしい。

昼ごろに両国広小路の飯屋で食事をしてから、将棋を指しに来ることが多かった。そのとき瓦版売りが出ていれば買って来る。だからなにか変わったことが載っていると、「たいへんだ」と言いながら駆けこむのであった。

伝言箱に紙片が入れられてからは、信吾は茂十がそれに関する瓦版を持って来るのではないかと、気になっていた。「ヨタカハアサガタカタガツク」の紙片が入れられてほどなく、柳原土手で夜鷹が殺されて瓦版がそれを派手に書き立てた。それをもたらしたのも茂十だった。

であれば船饅頭や采女原の夜鷹が殺害され、それが瓦版に取りあげられるはずだと見ていたのだ。そしてそのとおりになり、船饅頭が殺された。

信吾にとってこれほどの衝撃はない。船饅頭が殺害される可能性が高いとわかっていながら、信吾はなにも手を打たなかった。いや打ちようがなかったのである。

柳原土手で夜鷹が殺されてほどなく、岡っ引の権六親分がやって来たが、信吾は紙片のことには触れなかった。因果関係がはっきりしないこともあったし、話したとしても権六は手の施しようがないだろうと思ったからだ。

だが甘すぎた。

人の命に関わることであれば、なにはともあれ直ちに打ち明けるべきであったのだ。権六たち町方には、信吾には考えられないような方法があるかもしれないのだから。それをやらなかったばかりに、罪のない船饅頭だけでなくその亭主まで殺されてしまった。

柳原土手の夜鷹、船饅頭とくれば次は采女原の夜鷹である。一刻の猶予もない。自分の手には負えないだろうから、その道の人間、つまり権六に話すべきなのだ。

「甚兵衛さんに常吉」

信吾は二人に声を掛けると、急ぎの用ができて出掛けなければならなくなったと伝えた。客たちの対局が終わる七ツ（四時）ごろまでにはもどれそうにないので、あとのことはよろしくと伝えて会所を出ることにした。信吾はできるかぎりさりげなく言ったが、甚兵衛と常吉はなんとなく気配を感じたようだ。

「お任せを」

「いつもどおりやっておきます」

二人は短く答えた。

母屋に帰るなり信吾は波乃に瓦版を渡し、権六に会う旨を伝えた。波乃はすぐに青い縞《しま》の単衣《ひとえ》と絽《ろ》の羽織を出して、信吾が着替えるのを手伝った。

親しくなってからも、信吾は権六の家を訪れたことはなかった。もちろん知ってはいた。なにかあれば連絡しなければならないからである。だがこれまではその必要がなかった。不定期ではあったが権六は母屋か会所に顔を見せたので、それで大抵の用は間にあっていたからだ。

夕方のこんな時刻に権六が家にいることなど考えられないが、それでいいのである。かみさんか手下《てか》に信吾が来たことを伝えておけば、権六には緊急事態だとわかるはずであった。

二

初めて訪れることになる権六の住まいは、信吾が親しくしている幇間《たいこもち》の宮戸川《みやとがわ》ペー助《すけ》とおなじ浅草花川戸町《はなかわどちょう》にある。花川戸町は道を挟んで東西にあるが、ペー助の長屋は東側にあった。権六の長屋は少し北に行った西側にある。

右手に吾妻橋を左前方に雷門を見ながら、信吾が花川戸町に入ったとき、前方から権六がやって来た。

「親分さん、どちらへ」

「そっちこそどうした。こんな時刻に珍しいじゃねえか」

言いながら権六は、信吾が提げた一升徳利《いっしょうどっくり》に気付いたらしい。いや権六のことだ、真っ先に目がいったのではないだろうか。

信吾は浅草広小路に面した東仲町《ひがしなかちょう》の料理屋「宮戸屋《みやとや》」に寄って、母の繁《しげ》に上等の下り酒を徳利に詰めてもらった。母がなにも聞かなかったのは、相談屋を始めてからは仕事で使うことがあったからだ。それに名付親の巌哲《がんてつ》和尚に届けるときなどは、信吾は最初に届け先を言うようにしていた。

「信吾んとこに寄ろうと思ってたが、なんなら改めるぜ」

権六がそう言ったのは、信吾が知りあいを訪ねると思ったからだろう。

「丁度よかった、親分さんに折り入って」

権六は左右に開いたちいさな目を、ちいさいなりにいっぱいに見開いた。

「相談屋の信吾が、このおれに相談ってことはあるめえ」

「相談ではありません。折り入ってお話が」と言ってから、信吾は冗談めかした。「お顔を見ながら飲みたかった、だけではだめですか」

「こんな真っ昼間からかい。酔っちゃ、あとで席亭の仕事が務まらんだろう」

「真っ昼間はとっくにすぎて、陽《ひ》はすでに西に傾いていますよ。それに、こんな時刻から対局を挑む者なんていませんから」

「だったら信吾んとこで飲もうや。飲むなら別嬪《べつぴん》さんの傍《そば》がいいからな。古女房や半人前の手下の顔を見ながら飲んじゃ、折角の酒の味がまずくなる」

軽口を叩《たた》きはしたものの、権六は尋常ではないなにかを感じたはずである。夕刻とは言ってもまだ陽のあるうちに、信吾が酒を提げて権六の家を訪れようとしているのだ。しかも訪問が初めてとあれば、顔を見ていっしょに飲みたかったからだとは思うまい。

そしてニヤリと笑ったが、黒船町の借家に着くまで権六は黙したままであった。かれなりに考えを纏《まと》めていたのだろう。でなければ、信吾に話す順を整理させたかったのかもしれない。

将棋客の帰りかける時刻だが、二人は将棋会所には声を掛けずに母屋に入った。

波乃はさすがに驚いたようであったが、信吾が渡した瓦版を読み終えていたらしく、おおよそのことは察したようだ。

「あら、よかったじゃないですか、途中で親分さんにお会いできるなんて」

「信吾が久し振りに、おれの顔を見たくなったらしくてな。妙なこともあるもんで、おれも信吾の顔を見たかったのよ。と言うのは口実で、実んとこは波乃さんの顔が見たかったんだが」

「まあ、うれしい」と言いながら、波乃は徳利に目を遣《や》った。「この暑さですから、お二人も燗《かん》をつけないほうがいいのではないですか」

「ああ、お袋によると伏見《ふしみ》の特上ものらしいから、冷《ひや》でも十分に味わえるはずだよ」

波乃は藺草《いぐさ》を編んだ、座蒲団《ざぶとん》ほどのおおきさの敷物を並べた。ひんやりとして心地がいい。

すぐに大振りな猪口《ちょこ》を二人のまえに置いて、伏見の特上酒とやらを注《つ》いだ。澄み切ってはいても透明ではなく、いくらか黄味がかっている。

「なにか肴《さかな》を、あり物ですけど用意しますから、しばしお待ちあれ」

「そんなのはいいから、波乃もいっしょにいただきなさい」

「そうもまいりません。奉公人がお腹《なか》を空《す》かせたままにはしておけませんから。あたしはあとでいただきますから、どうかお二人でじっくりとお話しなさってください」

軽く頭をさげて波乃は八畳間を出た。信吾は苦笑して猪口を手にすると、半分ほど飲んで下に置いた。芳醇《ほうじゅん》で喉越しがすっきりしている。

「柳原土手の夜鷹殺しのときには話せなかったようだが、船饅頭殺しが起きては黙っちゃいられなくなったのではないのか」

やはり前回は、信吾が事情があって打ち明けなかったのがわかったので、権六は問うことをせず黙っていたようだ。

夜鷹殺しは臨時廻りの同心塚本が調べているとのことだが、そこへ船饅頭殺しが重なったので、助勢《すけ》を頼まれたのだろうか。手掛けていた仕事の片が付いたからではなく、それよりも緊急に当たらねばならなくなったということのようだ。

権六は常に何本かの仕事を、並行してこなしていると言っていた。事件の大小や緊急度に応じて順番を入れ替えたり、比重を変えたりしているのだろう。

そういう事情となれば、疎《おろそ》かにはできない。権六がどこまで知っているかはわからないが、斯《か》くなる上は正直に話すしかないだろう。

信吾はうなずくと、用意していた紙片を懐から出して権六のまえに並べた。「知らぬがホトケ」と「イワシの頭も信心から」、そして「ヨタカハアサガタカタガック」の三

のですが、三枚目で」

「将棋会所の伝言箱に入れられていましてね。初めはただの悪戯《いたずら》だろうと思っていたのですが、三枚目で」

枚である。

片仮名だけで書かれた一行を、権六はかなり長く見ていた。

「柳原土手での夜鷹殺しを、ほのめかしたってことか」

「はい。ですがなぜ将棋会所の伝言箱に」

「だれがなにを考えてそんなことをするのか、見当も付かなかったってことだな」

「そのとおりです。直ちに親分さんに話さなければと思ったのですが」

「夜鷹は朝方片が付くだけでは、いつ、どこでか、まるでわからん。ああいう女は江戸のあちこちで体を売っているので、報《しら》せてもらったところで、おれとしても手の施しようがねえだろうと」

言われたとおりなので返辞もできない。

「そうこうしているうちに、船饅頭殺しをほのめかす紙切れが入れられた」

これまで多くの事件を扱ってきた権六には、どうやらちょっとしたきっかけからも、流れを読み取ることができるらしかった。

「このまえ親分さんがお見えになった次の朝、四枚目のこれが入れられていました」

信吾は「美晴と金太がくっついた」を権六に見せた。

「なんだ、こりゃ」

「子供が仲間を囃《はや》すときのあれですよ」

と言って信吾は、それに続く「黙っていても知っている　知らないのは二人だけだよ」を唄《うた》って聞かせた。

「なぜ入れられたのかわかりませんが、それより問題なのは」

信吾はふたたび懐に手を入れて、「マンジュウを喰ってみるか」を、次いで「采女原にも風情あり」の二枚の紙片を権六のまえに並べた。

「五枚目のこれが母屋の、そして六枚目のこちらが将棋会所の伝言箱に入れられていましてね」

喰い入るように見ていたが、権六はなぜもっと早く知らせなかったのだとは咎《とが》めなかった。それだけに信吾は却《かえ》って辛くなる。

「申し訳ありません」

「なぜ謝る」

「わたしがすぐに親分さんに相談しなかったばかりに、後手後手になって、人死《ひとじ》にが出てしまいました」

「信吾としては手の施しようがなかったのだから、そう自分を責めるな」と言ってから、権六は表情を引き締めた。「で、なにか手を打ったのか」

「いえ、考えを巡らせても、なにも浮かばなくて」

番犬の波の上に言い含めて、伝言箱に紙片を投げ入れる男を捕らえることを考えたが、権六に言えることではない。信吾が生き物と話せることを知らないのだから、打ち明けても信じてもらえる訳がないのだ。しかも思惑どおりゆかず、船饅頭が殺されてしまった。

「仕掛けたのが何者かわかれば、策の立てようもあるが」

権六はそうつぶやいたが、あとが続かなかった。信吾が壁に突き当たったのも、だれがそんなことを企《たくら》んでいるのかがわからなかったからである。

権六は腕を組んで目を閉じた。考えに耽《ふけ》っているのだ。相談客の場合にもあることなので、信吾はなにも言わずに待つことにした。

煮物や漬物などを用意した波乃が、二人のあいだに何枚かの皿や小鉢を置いた。一度さがって、今度は莨盆《タバコぼん》を権六の膝先に置くと、権六が腕組みを解き、目を見開いた。

権六は猪口を手に取り、口に含んでから下に置いた。信吾が徳利を取って注ごうとすると権六は手で止めた。多くはないもののまだ残っていたようだ。酒飲みには中途で注ぎ足さず、飲み切ってから注ぐ者が多い。

「逆転どころか、大逆転だって起こせるかもしれねえ」

そう言って権六は「美晴と金太がくっついた」を横に除き、「ヨタカハアサガタカタガツク」と「マンジュウを喰ってみるか」を示した。続いて「采女原にも風情あり」に、人差し指を突き付けたのである。

三

「先の二枚とこの一枚は、決定的にちがっておる」

「地名ですね」

「そういうことだ。ヨタカとかマンジュウと書かれただけじゃ、手の付けようもねえが」

権六は残りを一気に飲み干すと、徳利を取った信吾を手で押しとどめ、そして言った。

「まるで、せせら笑っているようだ。その面《つら》が見えるようだぜ」

つまりこういうことであった。「采女原でも散策するか」などとせずに、「采女原に風情あり」としたところがなんとも小馬鹿にしていて、権六の気を逆撫《さかな》でしたようである。

余裕綽々《よゆうしやくしやく》に「風情あり」などと風流ぶって、采女原の夜鷹を手に掛けると露骨にからかっているのだ。岡っ引としては、挑発されたとしか考えられないのだろう。

「ですがなぜ伝言箱に。それも会所と母屋に分けて入れるなんて、わざとらしいことをしたのでしょうね」

「信吾がいくら考えても、わからねえのもむりはねえ」

「えッ、どういうことでしょう」

「相手がねらったのは信吾ではねえからな」

「ますますわからないですよ。では、一体だれを」

「だれでもねえ」

「そんな」

混乱してしまった。信吾ではないが、だれでもないと権六は言う。とすれば一体だれをと言いたくなるではないか。思わず声に出していた。

「そんな馬鹿な」

「信吾でもなければ、このおれ権六さまでもねえのよ」

「ですから、一体だれを」

「だれでもねえ。いわば町方全体だ。つまり御番所、町奉行所だな。町方そのものに喧《けん》嘩《か》を売ってきたとしか考えられねえ」

権六の言ったことがよく理解できず、信吾は混乱した。

「信吾は相談したい者の利便を図って、伝言箱を設けたと言ったな」

「ええ。お蔭《かげ》でお客さまが随分増えました。会いたい日時と場所を指定してきますので、密《ひそ》かに会うことができますからね。だれもが相談屋に出入りしていることを、そこまで知られたくないと思っているとは、考えもしませんでしたよ」

「やつかやつらか知らんが、御公儀《おかみ》に喧嘩を仕掛けるほどだから慎重が上にも慎重にならずにはいられねえ。昨日は小網町、今日は入船町、明日は音羽町って具合に、毎回ちがう町の番屋に紙切れを入れるにしても、すぐ触れが出て警戒するんで早晩気付かれちまう」

番屋とは自身番屋または自身番とも呼ばれるが、町入用《ちょうにゅうよう》つまり町の費用で設けられた番小屋だ。町名主や家主、書役《かきやく》などが常駐している、いわば自警組織であった。もっとも名主や家主はなにかと多用なので、人を雇って代わりにやらせた。

町内のあれこれは、ほとんどを自身番屋で対応した。泥坊や不審な者は縛りあげて三畳の板の間に留《と》め、定町《じょうまち》廻りの同心が廻って来れば引き渡す。持ちこまれた苦情や、町内の揉め事を処理することも多かった。また火事の場合の焚出《たきだし》もしなければならないのである。

江戸の町を六区画に分け、南北の町奉行所の定町廻り同心が、月交替で区画内を廻っている。同心には御用箱を担いだ供の者と木刀を差した中間《ちゅうげん》一人、岡っ引と何人かの手下が従う。

「番人、町内に何事もねえか」と声を掛け、「へーい」という返辞を確認しながら廻ることになっていた。番小屋は真冬でも、腰板障子を閉め切ってはならないことになっている。たとえ何寸かではあっても開けておかねばならないので、中の人に気付かれることなく紙切れを入れることなど簡単にはできないのである。

昼間であれば、子供に駄賃をやって届けさせる手もあるが、子供だからといって侮ってはならない。大人なら気付きもしないようなことを憶《おぼ》えていたりするからだ。ときによってはそれが命取りになることを、そういう輩《やから》は知っているのである。

「そこで連中は伝言箱という、都合のいいものを利用することにした。おれが信吾んとこに出入りしていることを、そいつらは先刻承知しているはずだ。だから信吾に報せたらおれに伝わる。すれば番所から町奉行所に、てことよ」

「でしたら伝言箱より、親分さんの家に直《じか》に投げ入れたほうが」

「一度はいいかもしれんが、二度は利かねえからな」

たしかに岡っ引がそんなことをされたら、面子《メンツ》もあるので気付かれぬように手下を配してひっ捕らえるはずだ。その点伝言箱は二箇所あり、昼間仕事のある信吾は手の施しようがない。二箇所を一晩中見張ることなど、できる訳がないのである。

実際は波の上に言い含めて備えているが、権六がそんなことを知っているはずはなかった。しかも「マンジュウ」と「采女原」では、隠し武器ともいえる波の上も思ったように能力を発揮できなかったのである。

「これまでの紙切れはそういうこったから、気に病むにゃ及ばねえぜ」

気が少しでも楽になるようにとのことであったかもしれないが、信吾はすなおにうなずいた。直接のねらいが信吾ではなく、中継のために利用したのだとしたら、それまでの疑問の多くは解消する。

　もっともそれは権六の推量であって、かならずしもそのとおりとは言い切れない。だがなぜ信吾の設けた伝言箱にとの謎は、ほぼ解けたのである。

「てことで、これからもあれこれあるだろうから、どんなことであろうと報せてくれ。場合によっちゃ、将棋会所なり母屋なりに手下を寄越《よこ》してもいいんだが」

　なにかあれば権六に連絡するために、昼も夜も常駐させるということだろうか。連絡のために定期的に来させるということなのか。それだけ急ぐということかもしれないが、こういうときにとても人手を割けるとは思えない。しかし権六には、それなりの考えがあってのことなのだろう。

「でしたら将棋好きな人がいいですね。本人が退屈しないですみますから」

　権六が苦笑したのは、退屈という言葉が町方には似つかわしくなかったからだろう。

「考えておこう。だから、だれが、なぜ、なんのために、などと信吾が悩むことはねえんだぜ。もっともひどく恨まれておりゃ、なんとも言えんがな」

「恨まれるって、このわたしがですか」

「そうよ。本人に覚えがなくとも、恨まれることはままあるからな。波乃さんに惚《ほ》れていたのに、信吾に横獲《よこど》りされたので口惜《くや》しくてならんとか」

「わたしのような欲心のない者が、人の持ち物を横獲りする訳がないじゃないですか。

それにいっしょになって、もう一年半近く経《た》っていますよ」

「日々募る恨みも、なきにしもあらずだ。おっと、のんびりしちゃおれん」と、権六は声をおおきくした。「波乃さんよ」

「はーい」

声とほとんど同時に波乃が姿を見せると、権六は皿や鉢の料理に目を遣った。

「折角作ってもらったがすまんことをした。おれは行かにゃならんので、二人で仲良く喰ってくんな」

「お仕事とはいえ、親分さんもたいへんですね」

権六はあわただしく帰って行った。

采女原で夜鷹がねらわれることは、まずまちがいあるまい。権六の手下は一人増えて四人になっていたので、自分を加えた五人を、現場を見てどう配置するか。場合によってはほかの岡っ引やその手下に助力を求めねばならぬなどと、目まぐるしく考えていることだろう。

「あら、親分さんたら、食べないだけじゃなく、お飲みにならなかったのね」

「珍しく一杯飲んだだけでやめた。やらねばならぬことがあるらしく、急ぎ足で帰って行ったよ」

波乃がクスリと笑った。権六は小柄だが肩幅があって胸も分厚い。しかし足が短くて、おまけにガニ股であった。急ぎ足という言葉と、どうしても結び付かなかったのだろう。

「信吾さん、お飲みになりますか」

「いや、親分がこれから仕事だってのに、飲む訳にいかないもの」

「でしたら、お食事の用意ができたので常吉を呼びますね」

「この料理は三つに分けて、お菜に加えておくれ」

大黒柱の鈴を鳴らすと、待ちかねていたように常吉が柴折戸《しおりど》を押して母屋の庭に入って来た。用ができたので出掛けると言っていた信吾がいるので、常吉は怪訝な顔をしたが、あるじの動きについて奉公人があれこれ訊くことはしない。

四

権六は手下の一人を寄越してもいいと言っていたが、実際に采女原に出掛けて現場を調べ、配置を決めた時点でそれはむりになったようである。相手に気付かれぬよう、しかも死角を作ってはならないからだ。むしろ、いくらでも人手がほしいということではないだろうか。

信吾は采女原に行ったことはないが、大名家の屋敷跡を馬場にしたとなると広大なものにちがいない。

権六はそれからは夕刻の客たちの帰ったころに、会所か母屋に寄って信吾と話すようになった。紙片に関わることなので、手下に任せるより自分でたしかめたいらしい。

権六と手下は昼間は寝て、陽が落ちてから翌朝まで張り込みを続けている。瞼《まぶた》の腫れ具合と目の充血、そして隈《くま》の色濃さが、日が経つにつれてひどくなるのがわかった。

藪蚊《やぶか》にたかられているにちがいないが、叩き殺すことも蚊遣りで燻《いぶ》すこともできない。音も臭いも厳禁であった。そんなことをすれば、たちまち居場所を気付かれてしまうからだ。仕事とは言いながら、苦労の多いことである。

「動きはねえが、そっちはどうだ」

来るなり、挨拶抜きでそう訊く。

采女原関係のことの書かれた、あるいはまるで別件のほのめかしの紙片が、伝言箱に入っていなかったかということである。

「あれ以来なにも」

あるいは信吾や伝言箱を、中継として使う意味がなくなったのかもしれないとも思う。つまりやつらが伝えたいことは、すでに伝え終えたということだ。であれば気も楽なのだが、そうはいきそうもない。

信吾のもとに顔を見せるのが日課になっていた権六が、二十三日はなぜか現れなかった。気にならない訳ではなかったが、権六がいくつも仕事を抱えているのを知っているので、信吾は深くは考えずにいた。

翌二十四日の昼、九ツ半すぎである。

「席亭さん、席亭さん、席亭さん」

繰り返し信吾を呼びながら、あわただしい下駄音を立てて駆けて来た茂十は、格子戸を開けて信吾を探し、目があうなり言った。

「席亭さん、采女原で夜鷹が殺された」

「えッ」と驚きの声を発しながら、客たちは腰を浮かせ、でなければ膝立ちになった。信吾は「そんな馬鹿な。采女原なら権六親分が」と言いそうになって、辛うじて言葉を呑《の》みこんだ。権六たち町方の動きは、客たちに知られてはならないことだからだ。

それで前日の二十三日、権六は姿を見せなかったのである。張りこんでいた采女原で夜鷹が殺されたとなれば、夕刻、信吾に会いに来るどころではない。

しかし客たちは、そんなことは知らないのである。

「どういうことだ、茂十さん」

島造に問われたが、茂十は答にもならぬことを言った。

「いえね。席亭さんの勘の鋭さに、あたしゃ舌を捲《ま》いてしまいました。それを伝えたくて駆けて来たんですよ」

客たちは信吾と茂十を交互に見ながら、訳がわからないという顔になった。全員の気持を代弁するように甚兵衛が言った。

「それじゃますますわかりませんよ、茂十さん。それより、采女原で夜鷹が殺されたのではないですか」

言われて茂十は、ようやくわれに返ったようだ。見れば水を浴びたように、全身から汗を滴らせている。むりもない。夏の暑い日中《ひなか》、両国から浅草黒船町まで駆けて来たのである。

土間に突っ立って汗を流しながら、茂十は口早に喋《しゃべ》った。

先日、船饅頭が殺されたとの瓦版が出たとき、将棋会所の客たちは大騒ぎになった。対局中で話に加われなかった信吾は勝負がつくなり茂十に、「采女原のことは出ていませんでしたか」と訊いたのである。

柳原土手で夜鷹が殺され、続いて船饅頭となると、次は采女原の夜鷹がねらわれるのではないか、とのことだった。信吾は紙片に書かれていたので訊かずにはいられなかったのだが、茂十はそんなことは知りもしない。

ところが信吾の危惧どおりになったのだから、茂十にすれば勘の鋭さに驚くしかなかったのだろう。

「瓦版を。それを見せたくて、汗にまみれて駆けて来たんでしょうが」

島造がそう言うと、茂十は懐に手を入れて折り畳んだ瓦版を取り出した。甚兵衛が受け取って拡げると、何人もが首を突き出して勝手に読み始める。

「銘々が読んでいては、こんがらがって訳がわかりません。それにてまえは近ごろ目が霞《かす》みますもんで、どなたかに読んでいただこうではありませんか。お持ちになった茂十さん」

「でしたら、席亭さんに。あたしゃ、すぐに閊《つか》えてしまいますので。閊え閊えじゃ聞き苦しいでしょう」

だれもがうなずくので、信吾は甚兵衛から瓦版を受け取った。曰《いわ》く付きの内容だけに、なにが書かれているか知りたかったのでありがたい。

濯《すす》いで絞った手拭を常吉に渡された茂十は、首筋や胸をしきりと拭う。胸をはだけているせいもあって、汗が強く臭った。

襖《ふすま》は外してあるので信吾は六畳間との境に近い八畳間に移り、正座すると両手で瓦版の端を持って拡げた。ちょうど客たちの真ん中で、信吾はゆっくり読み始めた。

書かれたとおり読むことはせず、わかりにくいと思われる言葉は言い換えたが、自分の考えを加えることはしなかった。なるべく正確に伝えなければならないからである。

こういう内容であった。

梅雨の明ける水無月《みなづき》（旧暦六月）の下旬になると、江戸の町では多くの家で、梅の実の天日干《てんぴぼ》しを始める。塩に漬けておいた青梅を紫蘇《しそ》で紅に染めたのを、三日ほど日光に晒《さら》すのだ。

今年は十八日に梅雨が明けたので、それから数日間はどの家も屋上や物干台、窓下などで梅を干し始めた。

騒ぎが起きたのは、二十二日夜の四ツ（十時）ごろであった。采女原馬場の西の外れ近くで、酔っ払いが喧嘩を始めたのである。

木挽町辺りの居酒屋で飲んだ客が、酔いを醒《さ》まそうとしたらしい。東西に長い馬場はとても心地よく、風があればなおさらであった。また馬場の東は堀となり、橋が架かっているので風に吹かれるにはもってこいである。

新シ橋や木挽橋は町屋の中にあるので、人通りも多く、人に話し掛けられることもあれば、場合によっては喧嘩を吹っ掛けられかねない。その点、武家地にある橋はそのような煩わしさとは無縁だ。

ところが馬場に差し掛かったばかりの所で、酔っ払い同士がちょっとしたことで言いあいになった。どちらかが少し我慢して退《ひ》けば悶着《もんちやく》にならないのに、酔うと抑制が利かなくなるのが人というものだ。

罵りあい、言葉尻を捉えて声が次第におおきくなった。通り掛かりの人だけでなく、声を聞き付けた飲み屋の客がようすを見に来たり、大名屋敷の門番が出て来るなどで、段々と野次馬が増えてゆく。

初めは遠巻きにして見ていたが、見物人にも酒を飲んだ者が何人もいた。鎮めようとする者がいれば、嗾《けしか》け煽《あお》り立てる者もいた。お蔭で収拾がつかなくなってしまったのである。

「だれか町奉行所に走って、お役人に来てもらえ。今月の月番は南か北か」

などと叫ぶ者がいた。馬場の北側を走る道を西へ突っ走れば数寄屋橋御門で、門を潜れば目のまえが南町奉行所だ。外堀に沿って北へ十三町（一・四キロメートル強）ほど走ると呉服橋《ごふくばし》があって、御門の先に北町奉行所がある。

その声が聞こえたからかどうか、殴りあい蹴りあう二人に野次馬の一人が、「これを使え」と一尺五寸（約四五センチメートル）ほどの棒切れを投げた。それを空中で摑《つか》んだ片方が、もう片方に殴り掛かった。

弾みということだろう。額がざくりと割れて、たちまち血が流れ出した。殴られた男は額に手を当て、それが血でべっとりなのを知ったのである。

「てめえ、よくも額を割りやがったな」

言うなり懐に右手を突っこみ、引き出したときには抜身の九寸五分《くすんごぶ》が握られていた。

それが満月から七日目の月の光を鈍く反射した。

悲鳴や「抜いたぞ」と言う声、罵声、「だれか止める者はいないのか」「御番所のお役人はまだか」などと大騒動になった。

　そのときである。采女原馬場の反対側、つまり東の端でただならぬ悲鳴が起きた。断末魔の、それも女の絶叫らしかった。

　だれもが一斉に、大喧嘩の最中の二人さえもがやっていることを忘れてそちらを見た。月は下弦の前日ということもあり、遠くは暗くてなにもわからない。

　凄《すさ》まじい叫びが夜の静寂《しじま》を引き裂いて途絶えると、それきりなんの気配もなかった。競うように鳴いていた虫たちも、いつしか鳴りを潜めていた。異様なまでの静けさだ。

　となるとだれの気持も、自然とそちらに引き付けられる。棒立ちしていたうちの一人、もう一人、さらに一人と、ふらふらと歩き出した。

　次の瞬間、鋭く呼子《よびこ》が吹かれた。弾《はじ》かれたように一人が悲鳴のしたほうに駆け出すと次々と続き、突っ立っていた連中までもが先を争って走り出した。

　かれらが見たのは袈裟《けさ》懸《が》けに斬られた死骸、それも女、夜鷹であった。斬り殺された夜鷹は、六十代のまさに梅干婆《ばば》ぁである。

　やがて騒ぎを聞いた近くの岡っ引が、手下を連れて駆け付けた。ほどなく検使を伴った同心が姿を見せ、本格的な調べが始まったのである。

　殺されたのは采女原馬場を稼ぎ場としている夜鷹の一人だが、斬ったほうはなに一つとして手懸かりを残していなかった。

喧嘩をしていた二人、棒切れで殴った男も額から血を流した男もいなくなっていた。役人が来たので、血を流していては面倒なことになると思って、姿を消したのだろうとのことであった。

五

信吾は瓦版を落としてしまった。本当はその場に叩き付けたかったが、将棋客たちのまえではさすがに憚《はばか》られた。それができぬことに気付くと同時に全身から力が抜け、不覚にも取り落としたのである。

反吐《へど》が出そうで、信吾は堪《こら》えるのにかなり努力せねばならなかった。書いた者への憤り、憎悪が胸に満ちてきてどうすることもできなかったのである。理由もなく、おそらくは面白半分に夜鷹を斬ったであろう男は当然許せないが、瓦版を書いた男も同等かそれ以上に下劣極まりない。

いかに水無月下旬の梅の天日干しをする時期だとはいえ、なぜそこまでこまごまと書くのだろうと、読み進めながら奇妙でならなかった。最後の「まさに梅干婆ぁである」に導くために冒頭を書いたのだとすれば、語るに及ばずではないか。

少なくとも人殺しを扱った瓦版に、書くようなことではない。それよりも不快でならないのは、気の利いた言い廻しに繋《つな》げられたと得意がっているのが、露骨に透けて見えることであった。

だが信吾の思いとは関係なく、客たちの興奮した声が飛び交っている。むりもない。柳原土手の夜鷹に始まり、三ツ俣永久橋の船饅頭、そして采女原の夜鷹と、殺しが三つも続いたのだ。

「次もやはり夜鷹か船饅頭でしょうかね」「とすれば、ねらわれそうなのはどこだろう」「なぜ夜鷹と船饅頭がねらわれるのか」「人通りのないところで、一人で客を引いているからですよ。刃物を持っている訳じゃないし、叫んだところで助けはすぐには来ないから」「それにしてもどんなやつが、そんなひどいことをするのだろう」

などと際限もない。

なぜねらわれるのかについては、権六親分もおなじようなことを言っていた。理由を考えれば、だれの思いもそこに行き着くということだ。

あれこれ話は出たが、どうやら金目当てではないだろうということに、落ち着いたようであった。夜鷹が二十四文、船饅頭が三十二文では、客を十人取ってもたかが知れている。その半分でも客が付けばいいほうだろう。

それにしても安い。

江戸四宿と言われる品川《しながわ》、千住《せんじゅ》、板橋《いたばし》、内藤新宿《ないとうしんじゅく》の旅籠《はたご》では、数を制限して飯盛女を置くことが黙認されていた。もちろんどこも守るはずがなくて、何人もの隠し女を抱えている。

「飯盛は膳を下げると膳を据え」の川柳がよく知られているが、二度目の膳が男にとってはお待ちかねのご馳走《ちそう》ということだ。その飯盛女で四百文から六百文とのことであった。旅籠側の取り分があるからだが、だとしても夜鷹や船饅頭とは比べ物にならない。

「殺しやすいとのことでしたが、ほかにどういう、つまり夜鷹や船饅頭のような商売女がいるのですかね」

だれかがそう訊くと、自然に客たちの目が島造に集まった。なにかというと知識をひけらかして、いつもはうんざりせずにはいられないが、こういうときにはやはりこの男が頼りになる。

「家康《いえやす》公が太田道灌《おおたどうかん》の作った江戸のお城に入られた時分は、城の少し下まで海が迫って一面の葦《あし》の原《はら》であった。かつて神田台と呼ばれた今の駿河台《するがだい》辺りを切り崩し、葦の原を埋め立てて町を作ったのだ。そのために各地から大工や左官などの職人が集まり、その連中の食べ物や着る物を扱う商人がやって来た。ほとんどが一儲《ひともう》けしようという男たちで、女は少なく、男と女の割合は三対一ほどであったというな」

「そんな男のために、葦の原を埋め立てて遊郭を作ったんでしょ。葦は悪《あ》しに通じるのでヨシと呼び替えて吉原《よしわら》としたと聞きましたよ。だけど、今話しているのは吉原ではなくて岡場所のことなんですがね」

「まあ、聞きなさい」と、島造はまるで動じない。「権現さまが江戸のお城に入った翌年の天正《てんしよう》十九（一五九一）年、伊勢与一《いせのよいち》が道三堀《どうさんぼり》の銭瓶橋《ぜにかめばし》ぎわに作った湯屋が、江戸の銭湯の始まりと言われている。湯銭は一文であった。そこに垢《あか》を掻《か》き取るなどの名目で置いたのが湯女《ゆな》だが、これが男の相手をした。たちまち人気になって、各地に湯女を置く銭湯ができたのだ。五百文から千文だったそうだが、随分と流行《はや》ったらしい。寛永《かんえい》のころに全盛を迎えたが、なにかと問題もあって明暦《めいれき》三（一六五七）年にすべての湯女風呂が取り潰されてしまった」

そのあとに登場したのが比丘尼《びくに》である。比丘尼は女の坊さん、つまり尼僧のことだが、頭を剃《そ》って着る物をそれらしくしていても尼さんではない。勧進する振りをして体を売っていた。しかし寛保《かんぽう》二（一七四二）年ごろにはおこなわれなくなった。これは湯女よりはずっと安く、百文から二百文で身を任せていた。

「延享《えんきよう》から天明《てんめい》（一七四四〜八九）にかけて、上野の山下やその周辺に出没したのが蹴《け》転《ころ》、いわゆる蹴転ばしだな。前垂れをかけて、ちょっと見は下女ふうの格好で客を物色したそうだ」

「いくらで寝たんで」

「二百文から五百文」

「比丘尼より高いですね」

「もっと高いのがある。提重《さげじゆう》は一分だそうだから、一両の四分の一。つまり千文だな。

「もっとも相場が変わって、今では一両は四千文でなく六千五百文と言われているから、えーッと」

「一分は千六百二十五文」

そう言ったのは桝屋良作であった。以前にもややこしい計算を瞬時にしてのけたことがあって、信吾は舌を捲いたことがある。ところが桝屋のご隠居は提重を知らなかったので、島造がうれしそうな顔になって説明した。

「明和《めいわ》から安永《あんえい》（一七六四〜八一）のころ流行ったそうでしてね。重箱を提げて、餅や饅頭を売り歩く振りをして体を売ったんですな。お寺をそっと訪れて坊さんの相手をしたり、勤番侍の相手をしに藩邸の長屋を訪れたということだ。頼まれた物を届けにまいりましたと言えば、それ以上は訊かれない。随分と掛かったが届けるだけではなかったのかと咎められると、つい話しこんでしまいましてと逃げる。門番も事情はわかっているので、にやにや笑うだけだ」

「なるほど、いろいろとあるもんですな」と言ったのは、楽隠居の三五郎《さんごろう》である。「四宿の飯盛女は旅籠に居るので、誘い出すのは難しいだろうから、簡単には殺せない。百文から二百文の比丘尼か、二百文から五百文の蹴転ってとこですかね。提重が稼ぐのは昼間かせいぜい日暮れまでが多い、となると手が出し辛いでしょうから」

「そりゃだめだ。湯女をはじめ比丘尼も蹴転も、それに値の高い提重だって今はやっていない」

島造に言われて男たちは、それまでのことを洗い直したようである。そう言えばそうだというふうに、何人もがうなずいた。

「夜鷹と船饅頭しかないということですか」と、甚兵衛が結論を出した。「となると、これからも」

「夜鷹と船饅頭が、ねらわれるのではないですかね」

常吉に衣紋掛《えもんか》けを渡された茂十は、下帯一つになると濡《ぬ》れた着物をそれに掛け、庭に出て木の枝にぶらさげた。重くて気持悪く、とても着ていられなかったにちがいない。

ハツが来ていないということもあって、安心して喋れるからだろう。いつしか客たちは何人かずつ車座になって、話を弾ませていた。瓦版に書かれた下級娼婦殺しに拘《こだわ》る客もいれば、互いに自分の体験を声を潜めて話している一団もある。

信吾は甚兵衛に言われて瓦版を読んだが、終始違和感を覚えずにはいられなかった。梅干に関する作為についてだけではない。酔っ払いの喧嘩から夜鷹殺しに到《いた》る流れが、絵に描いたように鮮やかに感じられたのだ。いやどう考えても鮮やかすぎるのである。

夜鷹殺しは采女原馬場の東端近くでおこなわれ、喧嘩は反対の西側で起きている。なんでもない酔っ払いの喧嘩を、野次馬の一部は鎮めようとし、逆に煽り立てる者もいた。大袈裟《おおげさ》に騒いで、人々の関心をそこに集めるためではなかったのか。

騒ぎが終わってみると、喧嘩していた二人は姿を消していた。面倒なことになるのを恐れてだとだれもが思うだろうが、全体の流れを見ると、意図して派手な喧嘩を始めた可能性が高そうだ。

御公儀に喧嘩を売ろうとするほどの連中だから、慎重が上にも慎重なはずだと権六は言った。紙片の予告が信吾を通じて権六、果ては町奉行所に伝わることがわかっているとも言っている。

そんなやつらが伝言箱に、「采女原にも風情あり」という徹底的に虚仮にした予告を入れたのだ。当然、町方が采女原馬場とその周辺に張りこむことは、火を見るよりも明らかではないか。現実に権六たちは張りこんでいた。広大な大名屋敷の跡地となれば、権六と手下たちだけではなかったはずだ。

しかも焦《じ》らしでもするように、何日も放置しておいたのである。藪蚊にたっぷりと血を吸わせたということだ。そして飽きてうんざりし、気も緩んだころに反対側で騒動を起こしたのであった。

満月から七日が経って月の光は弱まっているので、騒ぎが起きれば何事かとたしかめたくなるはずだ。権六のような古顔は動じなかっただろうが、若手の何人かは持ち場を離れたにちがいない。

それを待っていたかのように、一刀のもとに夜鷹を袈裟懸けに斬り捨て、悠々と立ち去ったのである。まさに一味の思う壺《つぼ》で、町方は愚弄されたのだ。

単なる推測でなく、信吾にとってはほとんど確信と言ってよかった。権六の臍《ほぞ》を噬《か》んだ顔が目に浮かぶ。切歯扼腕《せっしやくわん》したことだろう。

浅草寺弁天山の時の鐘が七ツを告げるのを潮に、客たちは帰って行った。

信吾と常吉は、いつものように駒と盤を拭き浄《きよ》めた。甚兵衛が手伝ってくれたのは、信吾の意見を聞きたかったからだろう。しかし権六たちについて語れないとなると、話せる内容は当たり障りのないことにかぎられてしまうのである。

六

――信吾さんが餌を持って来てくれたってことは、おいらに頼みがあるということのようですね。

おや、と思ったが信吾は気付かぬ振りをした。波の上はこれまで餌を作ってくれる波乃を「さん付け」で呼び、信吾を呼び捨てにしていたのである。それが初めて信吾を「さん付け」で呼んだ。

前回、偶然が重なったこともあるが、伝言箱に紙片を入れる男を波の上は逃がしてしまった。そのときから信吾に対する態度が、それまでとは微妙に変わっていた。つまり波の上は信吾を、波乃と同格の主人として扱うようになったのである。それでも「さん付け」では呼ばなかったのだ。

波の上の餌を運ぶのはいつもなら常吉だが、今夜は信吾が運んだ。これで二度目だが、波の上はそれだけでなにかを察したらしい。

――頼み事などではないよ。ただ、伝えておかなきゃと思ってね。

――はっきり言わなくて、そういう切り出しのときにはロクなことがない。ということは、あれかな。

――えッ、なんだい。思い当たることがあるようだが。

――伝えておかなきゃと思ってね、と言っておきながら、いざとなると少しでも先送りしようとしている。となると、おいらのほうから言えば信吾さんは気が楽になるから、以後はおいらに対して、いくらかは気を遣ってくれるようになるかもしれない。というのは聞かれちゃならない、おいらの独り言でね。

聞きちがえたのかと思ったが、繰り返したのでそうではないとわかった。「おれ」が「おいら」に変わったのは、信吾との力関係が変化したということだろうか。

――そこまで楽屋裏を見せなくてもいいだろうと言いたいが、どうやらそれも作戦のうちのようだな。

――相談屋をやっていると、相手の考えを読むのが癖になるのだろうが、それもほどほどにしなきゃと思うよ。

――これはきつい。

――おいらにとって一番大事なのは、うめえもんを喰うってことだ。となると信吾さんの言いたいことは、おおよその見当が付かぬでもない。

――すごいなあ。権六親分が手下にほしいと言いそうだ。

――なんとなくだけど、伝言箱を見張らなくてもよくなったって気がする。これまでは見張っていればなにもなくても、見張り賃として大福餅がもらえたが、となると大福餅は打ち切りってことになるのかな。

――そこまで読み切ったのは鋭い。となるとまちがいなく、権六親分が是非にも手下にと言って来るだろう。

――なにもしないのに毎日大福餅をもらうのは気が引けてならなかったから、まあ仕方がないとしよう。わかった、きっぱりと諦めるよ。信吾さん、さあ。

――なんだ、改まって。

――今言った「きっぱりと」というところを汲《く》んでくれよな。大福餅とか月餅とか、大仏餅などは正直喰いたい。だがそれよりもおいらは、信吾さんの役に立ちたいんだ。

——それはありがたい。わたしの相談屋の仕事も思ったより広がりを見せて、手に余ることがある。もっとも考えてみれば伝言箱の見張りなんてのは相談屋の仕事ではないし、どんな犬にでもできることだ。波の上には一段も二段も上の難しい仕事を手伝ってもらわねば、宝の持ち腐れになってしまうもんな。そのときは是非とも相談に乗ってもらいたい。頼むよ。

——ああ、そうするよ。おいら、信吾さんのような正直ですなおな人は、そのまま伸び伸びと育ってほしいと思っているんだ。

そこまではっきり言われると、どちらが上だか下だかわからない。だがそれでいいのである。もともと上も下もないのだから。大事なのは良いやつか悪いやつか、それしか判断の基準はない。

それに、波の上は真剣に信吾の役に立ちたいと言った。それも喰い物をべつにして、である。もっともべつにして、というのは言葉の綾《あや》だろう。波の上はさりげなく大福餅、月餅、大仏餅と好物を並べたのだから。

波の上がワンとひと声だけ吠《ほ》えたような気がしたが、信吾は気のせいか、でなければ夢の中の出来事くらいに思って、ふたたび眠りに入ろうとしたのである。

ところが、間を置くことなく飛び起きてしまった。連続した吠え声と、それをさせまいとするらしい男のくぐもった声がしたからだ。となると伝言箱に、だれかが紙片を入れようとしているとしか考えられない。声からして母屋の伝言箱であった。

「波の上だわ」

上体を起こした波乃がそう言いながら、有明行灯《ありあけあんどん》のもとで、はだけた寝巻の胸を掻きあわせた。

寝るときには常に枕元においてある鎖双棍《くさりそうこん》を摑むと、信吾は土間におりて草履を突っ掛ける。サルを外して、戸を引き開けると同時に屋外に飛び出した。

信吾の足音だとわかったからだろう、波の上の吠え声がさらに姦《かしま》しくなった。東の空は白んでいるが、見る鍛錬を続けている信吾にも、顔まではわからない。だがまだ若い男のようだ。

男は塀際に追い詰められて木の棒を振り廻していたが、伝言箱のすぐ傍なので紙片を入れようとして波の上に吠え付かれたのだとわかる。左手には紙片を握ったままであった。

棒の振り方や動きから喧嘩慣れしていないのがわかったので、信吾はまず脅しを掛けて動きを牽制《けんせい》することにした。両手で持った鎖双棍の握り柄を一気に左右に引くと、結んであった紐《ひも》が弾け飛んだ。

そのままにしておくと、近所の人が起き出して迷惑を掛けることになるので、信吾は

「ご苦労。もう吠えなくていいぞ」と波の上に声を掛けた。同時に柄を持つのを右手だけにして、無言のまま鎖双棍のブン廻しを始めた。

頭上で鋼の鎖がヒュンヒュンと空を切る。見たこともない武器と不気味な音に、若い男の顔は薄暗い中でも、蒼白《そうはく》になったのがわかった。目を引ん剝《む》いている。

さんざん脅し付けてから、信吾は握った柄に捻《ひね》りを加えた。すると勢いよく空を切り裂いていた柄付きの鎖が、頭上で静止したかと思うと、静かに落ちて来た。信吾が左手で落下したほうの柄を摑んで左右に引くと、鎖は一本の鋼の棒と化した。

「五、六匹もの野良犬が一斉に飛び掛かって来たことがあったが、あッと言う間もなく頭を打ち砕いた。一瞬のことでな。無慈悲なことをと悔いたが、あとの祭りだった」と、そこで間を取ってから信吾は続けた。「おとなしくしていればいいが、もしも逆らえば」

若い男は呆《あき》れるほど首を横に振り続けた。

「では、その紙切れをもらっておこうか」

相手はためらったが、それもわずかなあいだで、すなおに紙片を差し出した。よほど鎖双棍が空を切る音に怖気付《おじけづ》いたらしい。

受け取って懐に仕舞うと、信吾は一気に間を詰めて体を密着させた。相手の体が石のように硬くなるのがわかったが、信吾は素早く懐を探った。刃物を隠し持っていないところを見ると、金で頼まれたか、一味だとしても下っ端だとわかる。

信吾は身を翻して、男から一間（約一・八メートル）ほど離れた。鎖双棍を柄の長さに折り畳み、細紐で縛って結ぶと懐に収める。そして波の上に言った。

――伝言箱を見張らなくてもよくなったと、言ったはずだが。

――だとしても、怪しいやつをそのままにしておけないじゃないか。相談客でなくてよかったが、今さらそれを言っても仕方がない。

――これまでとおなじやつか。

――いや、最初の三枚のやつではないし、あとからのともちがう臭いだ。

背後で音がしたのは、信吾の身を案じていた波乃が、賊が若い男一人だとわかったので出て来たらしい。素早く着替えをすませただけでなく、白鉢巻を締めて襷掛《たすきが》けになり、しかも信吾が素振りに使う木刀を握っている。

「浅草一の名犬が大手柄を立ててくれた。褒美をやってくれ、たっぷりとな」

――そうこなくっちゃ。

「波の上の大好物だそうだから、大福餅か月餅、それとも大仏餅があればいいんだが。そう都合よくある訳ないよな」

「祖母《おばあ》さまが月餅を一箱、持って来てくださいました。もらい物だけど、傷みにくいから夏場でも大丈夫だろうって」

「だったらお茶を淹《い》れておくれ、小腹が空いたから。この人の分も忘れずにね」

だろう。

――おっと、そのまえに。

「わかっているだろうが、波の上が先だよ。なにしろ手柄を立てたご褒美だからな」

「あの、念のためにこれを」

波乃が差し出したのは細紐であった。賊を縛っておく必要があると思って用意したの

だろう。

「ああ、もらっておこう。しかし、どうやら縛らなくてすみそうだ」

――そのまえに、信吾にたしかめておきたいんだが。

いつの間にか「さん付け」でなくなっていたが、どういう事情で逆戻りしてしまった

のか信吾にはわからない。

――ああ、なんだ。

――五、六匹の野良犬の頭を打ち砕いたって言っていたが、本当かい。

――憶えていたのか。

――忘れるはずがないだろうよ。信吾の口からそんな話を聞くとは、思いもしなかっ

たからな。

――この男を脅すためじゃないか。犬は大事な仲間だもの。そんなことをすれば罰が

当たるよ。

――だとは思ったが、念のために訊いてみた。まずは一安心。

「じゃあ、波の上は庭に廻りなさい」

波乃がそう言うと、月餅がもらえるのがわかっているからだろう、波の上は軽い足取りで駆けて行った。

信吾と目をあわせた波乃は、うなずくと二度三度と木刀に振りをくれてから、先に立って母屋に入った。こんなにも芝居っ気のある女だったのかと、信吾は驚くと同時に呆れもした。

その波乃に若い男が、そして信吾が続く。刃物を持っていれば波乃の咽喉《のど》に突き付けて抵抗するかもしれないので、信吾は男の懐を探ってたしかめておいたのである。

逃げるとか逆らうという気は、微塵《みじん》もないようだ。武芸の心得があればともかく、普通の若者が鎖双棍を見せられては、とてもそんな気にはなれないだろう。

表座敷の八畳間には、灯を入れた行灯が置かれていた。信吾は若い男に坐《すわ》るよう促すと雨戸を繰った。

夏の朝は、明けたと思うとわずかな時間で明るくなる。雀《すずめ》たちがしきりに啼《な》き交わしていた。油をむだにしないため、信吾は行灯の灯を吹き消した。

六畳間の雨戸も閉《た》てたままであった。波乃は勝手口から庭に出たようだ。信吾はそちらの雨戸も開けた。

庭では月餅を持った波乃の周りを、波の上が飛び跳ねて催促している。

「ちょっと待ってくださいよ。犬への褒美が先で、人はあとですから」

八畳間にもどった信吾がそういうと、若い男は戸惑ったような顔をした。自分は犬のおこぼれを頂戴するのだから、なんとも複雑な気持でいるのもむりはない。

七

信吾は懐に手を突っこみ紙片を取り出したが、そこにはこれまでとおなじ筆跡でこう書かれていた。

骨折り損のくたびれ儲け

権六が見たら火を噴きそうな一行である。

その瞬間に、信吾は二者択一を迫られたのであった。この若者を権六に引き渡すか、信吾の裁断で解き放つか、をである。

そのためには、たしかめておくことがいくつかある。

「だれに頼まれた」

「だれに」と言って、相手は口籠った。「だれだったのだろう、あの人は」

畳の折り目の一箇所に目を遣ったまま、懸命に思い出そうとしているのがわかった。芝居とは思えない。

これは連中の仲間ではないな、と信吾は判断した。声を掛けられて小遣い稼ぎになるならと引き受けたが、相手が何者でなにを考えてのことなのかには、まるで頓着していなかったのだろう。

いつ、どこで、どういう状況のときに、どんな人相の男に頼まれたかを訊いても、意味がないとわかった。こんな若者に声を掛けるのだから、主犯格の人間ではないはずだ。訊き出して権六に話しても、ほとんど手懸かりにならないだろう。

「お待たせしました。咽喉が渇いたでしょうから、冷えた麦茶で潤してくださいな」

波乃がおおきな盆に、湯呑茶碗《ゆのみぢゃわん》と月餅を載せて持って来た。月餅は各人に二個ずつ、全部で六個載せられている。

「お邪魔だったかしら」

「いや、話を聞き始めたばかりだから、丁度いい。ところでこの人はね」と言ってから、信吾は苦笑した。「この人ってのは変だな。せっかく知りあったのだから、名前を知らなきゃ話にならない。わたしは信吾で」

「家内の波乃と申します」

「そしてさっきの犬は、波の上」

「波の上、ですか。犬らしくない名ですね。あッ、わたしは信三《しんぞう》です。信じるに一、二、三の三で信三」

「信じましょう」

波乃は笑ったが、信三はなぜ笑ったかさえわからなかったようだ。緊張し切っているはずだから、とてもそんな余裕はないのだろう。犬に散々吠えられた上に、信吾に鎖双棍で凄《すご》まれたのだから。

「信三さんか。するとわたしの勝ちだな」

「えッ、なにがですか」

「あなたは信三さんで、わたしが信吾」

「二つ多いですものね」

波乃がそう言っても、信三は訳がわからぬという顔をしている。駄洒落《だじゃれ》を説明するほど野暮なことはないが、こういう事情では止《や》むを得ないだろう。

「信三さんは三で、信吾は五でしょう」

そこまで言ってもわからなかったようだ。焦れったいほどの間があってから、信三は手を打ち鳴らした。

「あッ、そういうことですか」

遅いのである。

「だとすれば負けですね、わたしの」

信三が初めて笑ったので、信吾はここだと思い、さりげなく言った。

「だれだかわからない人に頼まれたそうだけど、一体、いくらで引き受けたのですか」

「一朱です」

言ってから信三は、「しまった」という顔になった。これで信吾は信三が一味とは関係なく、金をもらって伝言箱に入れただけだと確信した。

先日、将棋客たちと話しているとき桝屋良作が、一分は今の換算では千六百二十五文だと言っていた。すると一分の四分の一の一朱は四百文と少しになる。

将棋会所「駒形」の席料二十文の二十倍、月極《つきぎ》めの席料四百文とほぼ同額ということだ。これが多いか少ないかは考え方次第だが、若者にとってはちょっとした小遣いにはなるはずであった。

「となりゃ、権六親分に信三さんを引き渡す訳にいかないなあ」

横目で見ていたが、信三の顔に思い掛けないほどの動揺が表れた。権六を知っているとなると、信三は浅草かその近辺の者だと考えていい。商家などからは頼りになる親分さんと認められるようになったが、住民にとっては怖い岡っ引ということなのだ。

権六の名を聞いて顔色を変えたとなると、利用しない手はない。

「なぜなら信三さんは、一朱という金に目が眩《くら》んだ訳じゃなく、なにも知らずに紙を伝言箱に入れただけだものね」

「信吾さん、信三さんを権六親分に渡しちゃだめですよ」と、波乃が真顔で訴えた。

「だって親分は、マムシとか鬼瓦とか言われているのでしょう。肩で風切って歩いている土地の顔役でさえ、親分さんに気付いたら、路地に逃げるそうじゃないですか」

芝居っ気があるだけでなく、波乃は茶目っ気もたっぷりなのだ。信吾でなく波乃が言ったために、却って信三は権六の凄さ、恐ろしさを実感したようである。それがわかったからだろう、気を解《ほぐ》すようにさりげなく波乃が訊いた。

「信三さんは犬をお好きですか、それとも嫌いですか」

信三はなぜそんなことを訊かれたのかわからなかったらしく、怪訝そうに首を傾げた。

「好きでしたが」

「あんなに吠えられては、今までどおり好きと言ってはいられないですものね」

波乃の声は女としては低めだが、おだやかなので気が楽になったらしい。信三は気持を正直に吐露できたようであった。

「それにしても、あれだけ吠えられるなんて思ってもいませんでした。だからこそ番犬なんですね。でも信吾さんは相談屋のあるじさんだから、お客さんのために伝言箱を作ったんでしょう。波の上でしたっけ、あの犬はどうしてわたしが相談客でないと、わかったのだろう」

「番犬だからです」と、信吾は断言した。「ちょっとした雰囲気だけで、犬は人を見抜きますよ。だから番犬が務まるのです。それができなきゃただの駄犬ですからね」

「なるほど」

信吾は半ばはったりで言ったのに、信三は感心している。悪いやつではなさそうだ。いやお人好《ひとよ》しなんだろう。だからこそ、一朱で紙片を入れるよう頼まれたにちがいない。となるとここは、釘《くぎ》を刺しておいたほうがいいようだ。

「町を歩いていて、頼まれた男にたまたま出会うことがあるかもしれません。紙切れは言われたとおり、伝言箱に入れておいたと言ってください。ですが、次の用を頼まれても絶対に受けないように。そういう連中はずるずると巻きこんで、気が付いたときには身動きが取れないようにしてしまいますから。倍の二朱とかあるいは一分、二分などと額を吊《つ》りあげるかもしれないし、凄んで脅すかもしれません。きっぱり断ってください」

「脅されますか」

「かもしれないと言いましたよ」

「だけどなんと言って断れば、相手は納得するでしょう」

それには波乃が答えた。

「理由は犬が怖くてならない、でいいのではないかしら。あそこには猛犬がいます。このまえ、というのは今朝ですが、このまえは犬に吠え掛かられ、死ぬ思いをしました。金輪際お断りですと言えば、信三さんは諦めてほかの人を探すでしょうから」

なるほどという顔になったが、すぐに信三はべつの不安に駆られたようだ。

「ところで、一体どんな人たちなんでしょうね」

「知りませんが、ロクでもない連中であることだけはたしかです。だって伝言箱に紙切れを入れるだけなら、通り掛かりにだれでもできます。それを一朱も出して、夜中か明け方の、人に顔を見られない時刻に入れるように頼んだのですからね。よほどの理由があるからでしょう」

「でも、わたしは入れていませんよ」

開いた口が塞がらないというやつだ。信吾の言ったことが、わかっていないのである。紙片を入れようとして波の上に吠えられ、信吾に取りあげられたのだから、たしかに入れてはいない。相手に訊かれたら、言われたとおりにやりましたよと言えばすむことすら、わからないのだ。

それにしてもなんというお人好しだろう。底抜けと言うしかないではないか。それに答えたのも波乃であった。

「入れたことにしておけばいいのですよ。だれも見張っていませんし、だれかに見られた訳でもないですからね」

波乃の言葉を受けて、信吾はおおきくうなずいた。

「朝になってわたしが気付き、こんなものが入っていましたと、権六親分に渡せばなんの問題もありません」

「権六親分に、ですか」

信三がまたしても顔を強張《こわば》らせたのを見て、信吾は念のためにもう一本釘を刺すことにした。

「実はこのことは絶対に口外しないでいただきたいのですが、よろしいですね、信三さん」

「え、ええ。もちろん」

「よからぬ連中が何事かを企んでいるらしくて、ときどき伝言箱に、妙なことを書いた紙切れを入れるのですよ。犬が、波の上が吠えるなりわたしが飛び出して信三さんを捕まえたのも、こういう物を手放さないのもそのためなんです」

信吾は懐から鎖双棍を出して信三に見せてから、ゆっくりと懐にもどした。

「それで町方が密かに動いているのですが、わたしも伝言箱に紙切れを入れる者がいたら捕らえるよう頼まれましてね。権六親分に引き渡せば、あの人たちはその道で長年やっていますから、なんとしても口を割らせるでしょう。だれが、なにを目的にして企んでいるのかを、拷問にかけてでもね」

そちらを見なくても、信三が顔を引き攣《ひっ》らせ、体を震わせるのがわかった。拷問は上へ上へと書類を出して、最終的に老中の許可を得なければできない。だがそんなことを信三が知っている訳がないのだ。そこで初めて、信吾は正面から信三に向き直った。

「ですが信三さんが一味でないのがわかり、どれだけホッとしたかわかりません。もし一味だったら権六親分に引き渡さなければならないし、そうすれば拷問が待っていますから」

信吾の言葉で信三が安堵《あんど》したらしいのは、長い溜息《ためいき》が証明していた。

「では、そろそろお帰りください」

「えッ、帰っていいのですか」

「だって信三さんは、連中とは関係ないのでしょう。それとも権六親分に会って、こうこういう訳で、わたしはなんの関係もありませんと話されますか」

「とんでもない」

信三はブルブルと頬を震わせた。

「実はわたしは隣で将棋会所をやっていまして、そろそろ小僧が起き出すころなんです。信三さんはここに来たことを知られないほうが。そのためには、顔を見られてはならないと思いましてね」

「わかりました。ではお言葉に甘えて、失礼させていただきます」

立とうとした信三を信吾は手で制した。

「念のためお住まいの町名とお家《うち》のお仕事、それに屋号を教えていただけますか」

多少のためらいはあったようだが、信三は問われたことに答えた。信吾は頭に叩きこんだ。先に権六の名を出しておいたので、嘘《うそ》を吐《つ》いたとは思えない。

「それからこのことに関して困ったことが起きたら、いつでも相談に来てください。信三さんからは相談料はいただきませんから」

「なんだか申し訳ないですね」

信吾は信三をうながして、波乃といっしょに見送ることにした。土間におりて草履を履いた信三は、二人に深々と頭をさげた。

「迷惑を掛けてしまったのに、すっかりお世話になって、その上お茶とお菓子までいただくなんて」

「そんなことはいいですから、これからは人をよく見て、頼まれたからといって安請けあいをしないようにしてください」

「はい。今回のことで懲りましたので、これからは気を付けます」

信吾が引き戸を開けると波の上が駆け寄って来たので、信三は思わず身を仰《の》け反《ぞ》らせた。しかし波の上は先刻とはべつの犬のようにおとなしく、三人を見あげてしきりと尻尾を振っている。

信三を見る目も「こいつのお蔭で月餅を喰えたのだ」とでもいうふうに、極めて好意的だ。それがわかったからだろう、信三の顔に笑みが浮かんだ。

「波の上」

将棋会所の庭で常吉の呼ぶ声がした。いつもは起きるのを待っていたようにじゃれつく番犬の姿が見えないので、ふしぎに思っていることだろう。常吉の声を聞くなり、波の上は一目散に会所のほうへ駆けて行った。

「小僧が起きましたね。やって来ますから、早く帰らないと」

「はい。それでは」

何度も振り返ってはお辞儀をしながら、それでも足早に信三は帰って行った。

あれだけ脅しておいたので人に話しはしないだろうが、と思いはしたものの、それでも信吾はどことなく心配であった。

八

一日、五日、十五日、二十日、二十五日は手習所は休みである。その日は子供たちの集まる二十五日だったので、六ツ半（七時）にはほぼ全員がそろって甲高い声で騒ぎ始めた。

まだ薄暗いうちに波の上に起こされたこともあって、信吾はいささか寝不足であった。ところが自分より若い連中の傍にいると、気持が随分と安らかになるのがふしぎでならない。

信三が持っていた紙片の、「骨折り損のくたびれ儲け」という一文。信三に一朱を与えて、伝言箱にそれを入れさせようとした男。その背後で蠢《うごめ》く連中のことなどに思いを巡らせ続けて、頭の中が混濁していたのだろう。絡まりあったそれらが、少しずつだが解れてゆくのが感じられた。

常連客がやって来ると、子供たちの騒ぎは次第に収まった。申しあわせたのかどうかわからないが、昼休みや朝の四ツ（十時）と午後八ツ半（三時）のお茶の時間のほかは、それほど騒がなくなったのである。信吾が注意しても、静かにならなかったころが嘘のようであった。

ここに来て将棋に取り組む子供たちの態度がおおきく変わったのを、信吾は感じずにはいられない。留吉と紋の兄妹対決で紋が兄に肉迫し、正太と直太の正直決戦で弟が兄を倒したのが契機となった。留吉や正太、それに彦一が紋の師匠筋のハツ、直太を教えている常吉に教えを乞うようになっている。

また子供客の来ない日の、ハツや常吉に対する大人の対戦希望者も増えていた。信吾の目論見《もくろみ》以上の成果をあげていたのである。

「何事もねえか。妙なやつは出入りしてねえだろうな」

五ツ半（九時）という早い時刻に、珍しく権六がやって来た。手下の三人が従っているところからして、顔を見せただけで長くいる気はないらしい。子供を含めた将棋客が挨拶すると、権六たちもそれに言葉を返した。

「親分さんたちが睨《にら》みを利かせてくださっていますので、無事にやっていかれます」

甚兵衛が決まり文句の礼を述べた。

「あちらのほうは、もういいのですか」

信吾はまずそう訊いたが、あちらとはもちろん采女原馬場のことである。

「もう、ねえと思うがな。やつらは鼻を明かしたつもりで、さぞや満足しておることだろうよ」

「と思わせておいて、裏をかきそうな気もしますが」

「それはなかろう。万が一を考えて、見張りを残しておいた」

手下が一人少ないのはそのためだとわかったが、信吾は心配であった。采女原馬場での夜鷹殺しを予告し、酔っ払いの喧嘩騒動を起こしたにちがいない連中である。現に動揺した隙をねらって夜鷹を殺したのだ。若くて経験のない下っ引を騙《だま》し、混乱させるぐらい、連中にすれば赤子の手を捻るよりも楽なはずであった。

しかしああまで見事に愚弄されて、面子を潰された町方が、黙っているとは考えられない。それにおなじ轍《てつ》を踏むとは、どうしても思えないのである。

　権六はもう終わったような口振りであったが、おそらくそうではないだろう。むしろ夜鷹の殺害を機に、町方が総力をあげて取り組み始めたような気がする。

　そのため権六のような岡っ引やその手下に髪結床、碁会所や将棋会所など人の集まる所を廻らせ、あの件は終わったように匂わせているのではないだろうか。それで相手が油断するとも思えないが、そうしながらも、あらゆる手を講じて探索を開始した気がする。信吾には町方が徹底して秘密裡《ひみつり》に進め、一気に片を付ける気でいるように思えてならなかった。

　もしそうだとしても、町方の者がそんなことを話せる訳がないのだ。権六と二人だけになって信吾が訊いたとしても、話すとは考えられない。

　あらかた片が付いたとしても、権六は将棋会所「駒形」の客には話さないだろう。ただそのときには、信吾には打ち明けてくれるにちがいないと思っている。

「相手の考えを読むのが相談屋の癖になるのだろうが、それもほどほどにしなきゃと思うよ」と、波の上に皮肉っぽく言われたばかりである。だが信吾としては、どうしても読まずにはいられないのだ。とは言っても将棋会所の席亭、「めおと相談屋」のあるじにできることには限界がある。そのなかで常に最善を尽くすしかない。

　権六たちは信吾の思ったとおり、顔を覗《のぞ》かせただけでほどなく帰って行った。

常吉が直太と指導対局するのを信吾が見ていると、大黒柱の鈴が二回、間を置いてもう二回鳴った。母屋に来客ありとの、波乃からの合図である。だれかが来るという約束も心当たりもなかったが、信吾は甚兵衛にあとを頼んで母屋に向かった。

柴折戸を押して母屋側の庭に入ると、障子を開け放ってあるので客の姿が見えた。見知らぬ男であったが、相手が頭をさげたので信吾もお辞儀をした。商家のあるじふうで、父の正右衛門とほぼ同年輩だと思われた。

福々しくて、全身から醸し出される印象がとても柔らかい。だれかに似ていると感じたが、すぐには思い出せなかった。

「お待たせして申し訳ございません。信吾でございます」

「お初にお目に掛かります、日本橋の元四日市町で鰹節《かつおぶし》と塩干肴《しおぼしざかな》の問屋を営んでおります、伊勢屋百兵衛と申します」

「すると百市さんのお父さま」

似ていて当然である。相談があるからと、茶屋町の茶屋「雷」に千三屋万八の名で信吾を呼びだした、百市の父親であったのだ。

「その節は倅《せがれ》がいかいお世話になりまして、なんとお礼を申しあげてよろしいやら」

百兵衛は両手を突いて深々とお辞儀をすると、そのまま頭をあげようとしない。自分の父親ほどの男にそんなことをされては、信吾のほうが困惑してしまう。

「どうか面《おもて》をおあげください。てまえこそ楽しいお話を聞かせていただいて、お礼を申さねばなりませんのに」

やっとのことで頭をあげた百兵衛は、まじまじと信吾を見てから満面に笑みを浮かべた。

「真っ当なお方なので、安心いたしました」

倅が世話になりましたと礼を言ったあとのその発言は、信吾にあまり良い印象を抱いていなかったことを示している。それにしても商人が、初対面の相手に本音を打ち明けるだろうか。信吾は違和感を覚えずにはいられなかった。

そのとき「失礼いたします」の声とともに波乃が姿を見せ、百兵衛の湯呑茶碗を取り替え、信吾のまえにも出した。

「よろしかったら、奥さんにも聞いていただきたいのですが。ご夫婦で相談屋さんをなさっているのですから、ここは是非ともごいっしょに」

信吾と顔を見あわせてから、波乃は静かに腰をおろした。

「先に奥さんにお目に掛かって挨拶した折、二言三言話しただけですが、この方のご主人ならと不安が消し飛んだ思いがいたしましてね」

「不安と申されると、どういうことでございましょう」

「倅が突如、別人のように変わってしまいましたので、いろいろと問い詰めましたが、なかなか答えようといたしません。ようやくのこと、浅草黒船町で『めおと相談屋』を営む信吾さんに相談したと白状しました。すると頭と心を満たしていた濃い靄《もや》が一瞬にして晴れ、なにもかもがすっきり見えたそうです。てまえとしましては倅の迷いが消え、家業に励むさまがうれしくてならなかったのですが、あまりの変わりように、あるいはと不安に襲われたのでございます」

「不安、と申されますと」

「信吾さんのことを手妻師、手妻遣いではないかと。それも物を出したり消したり入れ替えたりする曲芸の手妻遣いではなくて、人の心を自在に操ることのできる手妻遣いではないかと思いましてね」

相談屋の看板を隠《かく》れ蓑《みの》に、客の悩みを聞きながら弱みを見抜く輩にちがいないと、百兵衛は信吾を見做《みな》したのだ。百市を信じさせてから、その不安を煽り立て、ロクでもない品を厄除《やくよ》けだ魔除けだと言って高い値で売り付けるのではないか。

百市はそのうちに上手《うま》く言《い》い包《くる》められて、法外な金を騙し取られるのではと、百兵衛は危惧せずにいられなかった。ところが百市の悩みが解消したのに、あるじの信吾は相談料を受け取ろうとしなかったと知って、信じられぬ思いがした。しかも、以後の駆け引きのための布石でもないらしい。

百市がそういう訳にいかないので受け取ってほしいと粘ると、であればその日の食事代を相談料代わりに払ってくれと言った。それは相談を持ち掛けたほうが払うのが当然だと百市は思っていたが、百兵衛にしても思いはおなじである。

それにしてもあまりにも調子が良すぎるので、百兵衛の信吾に対する疑いは晴れず、お礼を口実に自分の目でたしかめたかったにちがいない。信吾本人に会って安心したと百兵衛は言ったが、それが本心かどうかまではわからなかった。

その百兵衛が信吾に笑い掛けた。

「であればお礼をしなければなりませんので、罷《まか》り越した次第でございます。倅がお渡ししなければならなかった相談料を、どうかお納め願います」

百兵衛は紙包みを畳に置き、それを信吾のほうに押し出した。

「ありがとうございます。ですがお気持だけ受け取らせていただきましたので、これはどうかお持ち帰りください。百市さんはお父さまにどのようにおっしゃったか存じませんが、ご自分でなにもかも解決なさっておられました。相当に悩み迷った末に、ご自分で結論をお出しだったのです」

信吾が百市に言ったことを父親の百兵衛に繰り返したのは、その部分を息子が父親に話さなかったかもしれないという気がしたからである。だから信吾は、そのとき感じたことを正直に話すことにした。

とことん苦しみ抜いただけに自信がない訳ではないのに、いざとなると百市はどうしても踏み切ることができないのではないかと信吾は忖度《そんたく》したのであった。だから百市はだれかに、あなたの達した結論はまちがっていないので、そのまま進みなさいと、もうひと押ししてもらいたいのだと信吾は感じた。

「ですからてまえは、思ったとおりになさい、百市さんの考えはまちがっていませんから、そう言っただけなのです。百市さんがすべて解決なさったのに、てまえが相談料を受け取るなんてことは、いくらなんでもできないですからね」

「それはちがうと思いますよ、信吾さん。あなたのひと言が一人の男の一生を決めたと言ってもいいのですから、百両の相談料を取る値打ちはあると思います」

「百市さんがそうおっしゃったのですか」

思わずそう訊いたのは、冗談っぽくではあったが、ほとんどおなじようなことを信吾が百市に言ったからであった。

「いえ、倅が言うくらいなら、せめていくらかはお渡ししているはずです。てまえはそれだけの価値があると思ったのです。と申しながらお恥ずかしいことに、手許《てもと》不如意でこれだけしかお渡しできません。どうかお調べください」

そこまで言われれば、信吾としてもたしかめるしかない。包みには十両入っていた。

「十両ございますね」

「それでどうかご勘弁ねがいます」

「勘弁もなにも、てまえは受け取る訳には」

「お近付きのしるしに、食事の会を設けていただけるとのことでしたね。信吾さんと奥さんと」

百兵衛に見られて波乃は微笑《ほほえ》んだ。

「申し遅れましたが、波乃でございます。どうかよろしくお願いいたします」

「ご丁寧にどうも。こちらこそどうかよろしく願います。そうしますと信吾さんと波乃さん、倅百市と嫁の多美《たみ》でということになりますね。百市はどういう訳か酒を受け付けぬ体なのですが、多美は飲めば陽気でよく喋る楽しい女でして」

「女同士で話が弾みそうですね」

信吾がそういうと、百兵衛は笑顔でうなずいた。

「もしなんでしたら、それに使っていただいて、ともかくご了承願いますよ、信吾さん」

「了承もなにも」

「信吾さんご夫妻と、倅と嫁の四人で食事をしていただけるということは、生涯付きあっていただけるのだと、愚かな父親は勝手に解釈して喜んでおります。どうかよろしくお願いのほどを。そして倅が迷っているときには、背中をポンと叩くなり押すなりしてやってほしいのです」

百兵衛は両手を突くと、深々と頭をさげてそこに額を押し付けた。

「わかりましたから、どうか面をおあげください」

「ありがとうございます。ところで三日後の夕刻七ツ半（五時）、信吾さんと波乃さんはなにかご予定がございますか」

波乃を見ると首を振った。

「いえ」

「それは、よかった。実はまことに勝手ながら、東仲町の『宮戸屋』さんに、伊勢屋百市の名で四人の席を予約しておきました。もちろん変更はできますが」

信吾が宮戸屋の長男と知っていたか、浅草で知られた料理屋を選んだら、偶然宮戸屋だったかまではわからない。だがここまで進んでいるのなら、もはや受けるしかないではないか。

「わかりました。喜んで伺います。実はてまえも、百市さんご夫妻と話せるのを待ち遠しく思っていたのです」

「それを伺ってどれだけ安心したことか」と、百兵衛は少し間を置いた。「親とは愚かで、馬鹿な子ほど可愛《かわい》くてならないのですよ。実を申しますとね、五分五分はおろか九分九厘、まともな方とは思っていなかったのです。ですので手妻遣いの面の皮を引ん剝いてやると、意気込んで出掛けて来ましてね。それが杞憂《きゆう》に終わって、倅がいい理解者を得られたとわかり、これほどうれしいことはありません」

百市から信吾のことを聞いた百兵衛は、「九分九厘まともでないと思っていた」は大袈裟だとしても、半信半疑だったことはまちがいない。ところが波乃と話し、信吾と対面して疑問を払拭することができた。それが「真っ当なお方なので、安心いたしました」との、本音の吐露に繫がったのだろう。

だから半信半疑のままどちらに転んでもいいように、息子のため『宮戸屋』に百市の名で四人の席を予約していたのだ。万が一、信吾が案じていたとおりの手妻遣いであれば、百市がべつの友人夫婦と出向けばいいのだから。そして信吾がまともだとわかり、胸を撫でおろしたということだろう。

いかにも商人の考えそうなことである。

信吾と波乃は母屋のまえ、伝言箱の横で百兵衛を見送った。不安が霧消したからだろうが、百兵衛の足取りは見ていてわかるほど軽かった。

母屋にもどりながら信吾が言った。

「百兵衛さんの言った言葉に、とても気に入ったのがあってね」

「あら、なにかしら」

波乃は記憶を辿《たど》っていたが、わからなかったようだ。

「あの人は悪い意味で言ったのだが、わたしのことを、人の心を自在に操ることのできる手妻遣いで、百市さんを誑《たぶら》かしているのではないかと思ったと。わたしは相談屋を名乗るからには、言葉を自在に扱える手妻遣いになりたいと、しみじみそう思ったんだよ」

そのとき浅草寺弁天山で、時の鐘が九ツ（十二時）を告げた。

「いけない。お昼の用意がまだだった。常吉がお腹を空かしているわ」

波乃は勝手口のほうへと駆けて行った。

禍福の縄

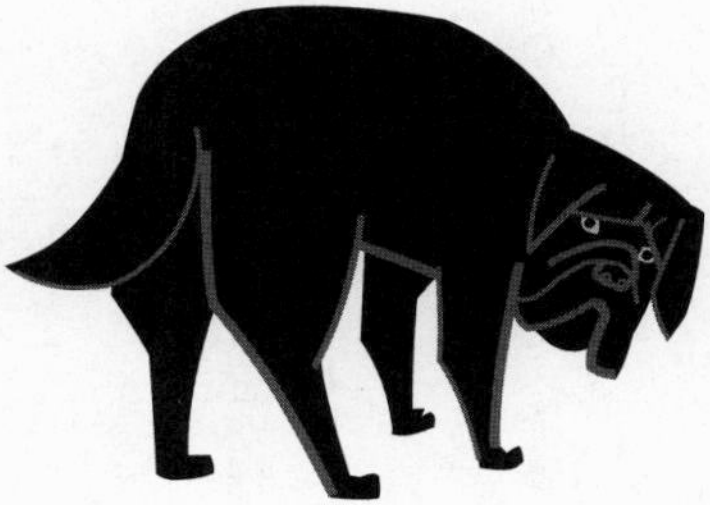

一

夕刻になると、勝負を終えた客から順に家路に就く。半数ほどが帰った七ツ（四時）すぎに大黒柱の鈴が二度、少し間を置いてさらに二度鳴った。母屋に来客ありとの、波乃からの合図である。

もしかしたら坂下泉三郎《さかしたせんざぶろう》たちだろうかと信吾が思ったのは、月に一、二度か二月《ふたつき》に一度は顔を見せていたのに、ここ三月《みつき》近く来ていなかったからだ。予感めいたものがあったのは、そろそろ会いたいと思っていたからかもしれない。

坂下と俵元之進《たわらげんのしん》、そして前原浩吉《まえはらこうきち》は大抵はそろってやって来た。将棋会所の客たちが帰るのが七ツごろだと知ってからは、その時刻に来るようになっていた。前回から間が空きすぎたこともあって、信吾は内心気になっていたのである。

常吉と甚兵衛にあとを頼み、信吾はしきりと尻尾を振る番犬「波の上」に見送られながら、柴折戸《しおりど》を押して会所側から母屋の庭に入った。予感は的中したが、客は三人ではなく一人であった。

「前原さま、お久しゅうございます」

「無沙汰をしたが、信吾は変わりないようであるな」

「相変わらずの貧乏暇なしでしてね。日々仕事に追われて、少しものんびりできません」

「多忙は重畳《ちょうじょう》」

そう言った前原の顔に屈託が見られた。普段なら不躾《ぶしつけ》に訊《き》くようなことはしないのだが、信吾はつい口にしてしまった。

「なにか気懸かりなことがございますのでしょうか」

「なぜにそう申す」

と言ったものの目に落ち着きがないのは、信吾の言ったことが的を射ていたからだろう。知りあったときほど極端ではないが、それが癖らしくてなにかあると目が動くのであった。

「いえ、どことなくそのようにお見受けしましたので」

「部屋住み厄介の身ゆえ常に鬱屈しておる。信吾と波乃どのには、たまには晴れやかな顔を見せてやりたいものだがな」

信吾だけでなく波乃の名が出たのは、ちょうど声を掛けて現れ、燗《かん》をつけた銚子《ちょうし》と湯《ゆ》呑茶碗《のみぢゃわん》を二人のまえに置いたからであった。前原は盃《さかずき》でなく湯呑茶碗でなければ飲んだ気にならないとのことなので、いつもそうしていたのである。まさか前原と湯呑茶碗で酒を酌み交わすようになろうとは、信吾は思ってもいなかった。

信吾は相談屋の仕事の関わりだけでなく、実にさまざまな人と知りあうことができた。前原たちとの縁《えにし》もまた、奇妙なことの連続で今に至っている。

まだ波乃と夫婦になるまえだが、信吾は将棋会所「駒形」の開所一周年を記念して将棋大会を開催した。湯屋、髪結床、飲み屋などに貼り紙をさせてもらい、会所の常連だけでなく一般からも参加者を募集したのである。

すると貼り紙を見て知ったのだろう、ならず者が言い掛かりを付けて金を包ませようとやって来た。客に迷惑を掛けてはならないので、信吾は男を榧寺《かやでら》の別名で知られる正覚寺《しょうかくじ》に連れ出した。将棋客や野次馬が付いて来たが、その中に瓦版書きが交じっていた。

大勢が見守る中で、信吾は九寸五分《くすんごぶ》を持った破落戸《ごろつき》を、素手で撃退したのである。それが瓦版に載ったのが、一昨年の師走（旧暦十二月）であった。

一部始終を微に入り細を穿《うが》って書いた瓦版の、信吾の武勇譚《ぶゆうたん》が評判になったが、それを読んで賭けをした連中がいた。先に名を出した三人の旗本の次三男坊たちである。

瓦版は売らんがためなにごとも大袈裟《おおげさ》に書くので、信吾の腕は大したことはなかろうというのが俵と前原の二人。いや瓦版に書かれた信吾の動きは理に適《かな》い無駄がないので、かなり使えるはずだと見たのが坂下だ。

双方が主張を譲らず、であればと賭けをした。そしてたしかめるために、人のいないところで信吾を襲おうということになったのだ。なんとも乱暴な話である。

大川沿いの道を黒船町の借家に帰る信吾を、三人は待ち伏せることにした。それが昨年の如月《きさらぎ》（旧暦二月）で、瓦版から二ヶ月ほど間があったのは、信吾の日ごろの行動を調べ、待ち伏せの場所や機会を決めるのに時間が掛かったからだろう。

歯向かえば斬り伏せて試し斬りができるし、腕が立つようであれば冗談だと笑ってすませようということになった。相手は無腰の町人だし、こちらは大小を手挟んだ三人だから、応じぬはずがないとはあまりにもムシが良すぎる。

俵と前原が行く手を阻み、背後から坂下が襲う段取りであった。早くから跟《つ》けられているのに気付いていた信吾は、余裕をもって対処できた。鎖双棍《くさりそうこん》のブン廻《まわ》しで俵と前原を散々脅し付けると、背後にいた坂下が言った。

「ははは、そこまでだな。許せよ、信吾とやら。余興だ、冗談だよ」と坂下は大刀を鞘《さや》に納めると、俵と前原に言った。「だからおれが言っただろう、瓦版に書かれていたのは嘘《うそ》でも、大袈裟でもないと」

瓦版を書いた天眼《てんがん》はもと町奉行所の同心で腕が立つだけに、信吾と破落戸の動きの描写は実に正確であった。三人の中で一番腕の立つ坂下にはそれが読めたので、賭けに勝ったということのようだ。

余興だ、冗談だでは洒落《しやれ》にもならないが、相手が武士なので信吾は受《う》け容《い》れた。そして三人を借家に連れ帰り、酒を呑《の》ませたのである。妙なことを考えて悶着《もんちやく》を起こされてはかなわないので、交誼《こうぎ》を結ぼうと思ったからだ。

ところが空《す》きっ腹《ぱら》に呑んだためだろう、前原は泥酔してしまった。揚句に旗本の次三男が長子とちがって、いかにひどい扱いを受けているかを愚痴ったのである。

口が軽いという訳でもない前原が、なんでこんなことまで喋《しやべ》ってしまったのかと俵が呆《あき》れると、坂下がこう言った。

「おれも気付いたが、信吾と話しておると、まるで朋輩《ほうばい》を相手にしたようになるから妙だ。気を許した前原は、酔ったことで普段ならまず口にすまいことまで、洩《も》らしてしもうたのだろう。信吾が腹に一物も持たぬことが自然とわかるので、自分の腹の裡《うち》をさらけ出してしまいたくなるのかもしれん」

泥酔した前原は、左右から脇に肩を入れた坂下と俵に出入口まで連れ出された。なんとか雪駄《せつた》を履かせると、二人の若侍は仲間を半ば引きずるようにして連れ帰ったのである。

数日後の夜、前原が一人でやって来た。

「過日はとんでもない厄介を掛けた。醜態を曝《さら》したそうで、まことに相すまなんだ。坂下と俵に散々詰《なじ》られてな」

「およしください。お侍さんが商人《あきんど》に詫《わ》びるなど、とんでもないことです」と言ってから、信吾は続けた。「憶《おぼ》えてらっしゃいますか、前原さまは」

「なにをであるか」

「ご自分が話されたことを、ですが」

「それが、恥ずかしながらとんと憶えてはおらんのだ」

だろうと思ってはいたが、であれば好都合である。

「寒い日でしたし、昼すぎから夜の四ツ（十時）ごろまで、お腹《なか》にほとんどなにも入れることなく、てまえを見張っていらしたんでしょう。空きっ腹にご酒を召されたのですから、急に酔いが廻ったのは当然のことだと思います」

「かもしれぬが、坂下も俵もおなじように呑んだではないか」

「ですがお二人は、前原さまほどではありませんでした。酔い方は、わずかなことでおおきく変わります。急に酔いが廻って、しかも悪酔いなさったので、前原さまは憶えてらっしゃらないのでしょう。坂下さまと俵さまはおもしろがって、前原さまがひどいことを喚《わめ》き散らしたと、おっしゃったのだと思いますよ」

「だとしても」

「前原さまがどういうことを話されたか、お二人はそれに触れられましたか」

信吾がそう問うと、前原はしばらく考えていたがやがて首を振った。

「ともかくひどいことを、聞くに堪えぬようなことをなどと言うばかりで、わしに恥を搔《か》かせたくないと申して言わなんだな」

前原が喋った内容を具体的に話せば思い出すこともあろうと、二人は一切口にしなかったにちがいない。思ったとおりだとでも言うように、信吾はおおきくうなずいた。

「でしょう。だって、てまえは前原さまがひどい話をされたなどということは、まるで憶えていませんもの。ですから、ごく普通に話されたのだと思いますよ。前原さまが泥酔されたのをいいことに、お二人はあることないことを」

「あいつらならやりそうなことだ」

「ですから前原さまが、てまえに謝られることなどなにもないのです」

「それを聞いて気が楽になった」

「あの折、賭けの額は二分だと申されましたが、そうしますと坂下さまは二人分ですから四分、つまり一両の儲《もう》けということに」

部屋住み厄介と呼ばれる次三男坊の小遣いがどの程度か、信吾にはまるで見当も付かない。だが二分だ一両だとなると、簡単に出せる額ではないだろう。

「やつはそのことで随分と威張りやがった」

「前原さまと俵さまが勝ったとしても、坂下さまの二分を折半ですから、一分ずつですものね」

「そうではのうて、腕があれば瓦版を読んだだけで、わかったはずだと申すのだ」

「どういうことでございましょう」

「信吾と相手の動きは実に克明に書かれていたので、瓦版を読めば腕のある者には、信吾の力量のほどがわかるはずだ。わしと俵はそれに気付くこともできなんだが、坂下には信吾の武芸の腕がいかほどか、ちゃんとわかっていたと自慢したいのだろう」

「武芸と申しても護身術にすぎませんが。……そうしますと三人の中では、坂下さまが腕は一番だということでしょうか」

「ああ。師範代代だからな」

一瞬、聞きちがえたかと思ったが、信吾はすぐに気付いた。

「師範代ではなくて師範代代でございますか、一体どういうことからそのように」

「師範代が怪我《けが》をした折に、やつがその代理を務めたことがある。たった三日ではあったがな。三日坊主の師範代代とからかったのだが、以来、坂下は目の色を変えて精進しておる。ゆくゆくは師範代になるのではないか」

「そうでしたか」

いっしょに道場に通い始めたが、今では差がついているのだろう。三人に待ち伏せされた折に、坂下だけはどうやら使えるようだと信吾は思ったが、勘ちがいではなかったということだ。

「ところで前原さま。前後不覚に酔われてなにも憶えていないということは、あれからも経験されましたか」

「いや。すっかり懲りた。以後は空腹時には呑まぬし、呑む速度にも留意しておる」

「それはなによりです。でしたら一度、試されてはいかがでしょう」

「なにをだ」

目が落ち着きなく動いた。

「てまえが待ち伏せされたあの日、前原さまは泥酔なさいましたが、あれを再現なさるのですよ。坂下さま俵さまとお呑みになって大酒《たいしゅ》なさい。ですがその振りだけで、実際にはなるべく呑まないように」

「そうか。その手があったか」

信吾がなにを言いたいかわかったからだろう、前原は甲高い声を出した。

「坂下と俵の悪口《あっこう》を羅列する。言いたい放題、あとでなにを言われても、悪酔いしてなに一つ憶えておらんで通すのだな。おもしろい」

「まえに一度なさっていますので、お二人も怒るに怒れません」

「さすが相談屋だけあって知恵がある。となると悪口を練りに練って考えるとするか」

武芸でも学問でも坂下と俵に劣っているようだが、家の石高でも下の前原は、日ごろの鬱憤が溜まりに溜まっていたのだろう。信吾の考えに飛び付いたのである。そんな遣《や》り取《と》りがあって、信吾は前原とすっかり打ち解けることができた。

それからというもの、坂下、俵、そして前原は三人で、でなければ二人、たまに一人で信吾を訪れるようになった。回数としては前原が一番多いだろう。

信吾がほのめかした泥酔して記憶なしを、前原が試みたかどうかはわからない。おそらく実行に移していないだろうと、信吾は思っている。前原の性格からして、やればすぐに報告に来るはずであった。いつかやってやろうと心の裡で温めながら、結局はやらないのではないかという気がする。

醜態を曝す少しまえに、前原は「信吾のお蔭《かげ》で、このような銘酒が呑めるということだ」と洩らしたことがあった。信吾と話したいというより、貧乏旗本の部屋住みではまず口にできない上方の下り酒を、呑みたいというのが本音にちがいない。前原は強くはないが酒好きであった。

三人との付きあいはそのようにして始まった。波乃と夫婦になり、隣家を借りて住むようになってからも続いている。

その理由として、まず双方が相手方に強い興味を抱いたことがあげられるだろう。それまでの交際範囲では、知ることのできなかった世界や考え方に接することができる魅力が、なによりもおおきい。

料理屋の長男として生まれ育った信吾は、武士と親しく接することなどなかった。某藩の蟻坂吉兵衛《ありさかきちべえ》や白眉《はくび》が渾名《あだな》の江戸留守居役たちと知りあったのは、相談屋を開いてからである。

またのちには、大身《たいしん》旗本の三男坊高山三之助《たかやまさんのすけ》と親しくなったが、そのときには相手は見習い医師で、望洋と名を変えていた。将棋会所には武士の常連が何人かいるが、単なる将棋客でしかない。

旗本の次三男坊である坂下、俵、前原も、同年輩の町人に親しい知りあいはいないようだ。そんな折、とんでもない事情で知りあった信吾は飛び抜けて特異だった。

町人でありながら早くから護身の術や武術を習い、将棋会所を営みながら夫婦で相談屋をやっている。そのためおもしろく楽しい話題に、事欠くことはなかった。

ともかくお互いが、話しているだけで楽しくてならなかったのだ。だから月に一度、間が空いても二月に一度は会って、談笑のひとときをすごしたのであった。

そんな関係に変化が生じたのは、三月ほどまえのことである。

二

「朗報だ。これほどの朗報は考えられん」

「遠い世界の出来事のように聞いたことはあったが、それがかくも身近で実際に起きるとは思いもしなかったぞ」

「まさに青天の霹靂《へきれき》と言うしかないではないか」

「お伽噺《とぎばなし》は子供向けとばかり思っておったが」

「こういうことがあるから、人は夢を捨てちゃいかんのだよ」

　連れ立ってやって来た俵元之進と前原浩吉が、大黒柱の鈴に呼ばれて母屋にもどった信吾に、興奮を隠しもせずそう言った。前原の目はいつも以上に落ち着きなく動き、肥満した俵は赭《あか》ら顔《がお》をさらに色濃くしている。

「落ち着いてください。一体なにがあったのですか」

　信吾がそう言うと、前原はもどかしくてならないという顔になった。

「だから、信じられぬほどの朗報と言ったではないか。夢物語と言うしかないのだ。わかるだろう、信吾」

「わかりません」

　夫が首を振ったので前原は妻に目を向けた。

「波乃どの」

「わかりません」と言ってから、波乃はあわて気味に付け足した。「あッ、夫唱婦随との意味から夫の返辞をなぞったのではありませんので、どうか誤解なさらないでください。あたし、まるでわからないのです。なにかたいへんなことが起きたのはわかりましたけれども」

俵と前原は顔を見あわせてから、お互いを指差して噴き出した。自分たちが肝腎のことを話したつもりで、一番重要なことを抜かしていたことに気付いたからだ。そしてどちらが言ったかわからぬほどの早口で、捲《まく》し立てたのであった。

俵と前原はそれまで以上に真剣に熱っぽく、先を競うように喋った。

「やつが、坂下が、あの坂下泉三郎が婿養子に決まったのだよ」

坂下の名を聞いて初めて、信吾の中で辻褄《つじつま》があった。婿養子に決まったとなれば、俵と前原が興奮するのもむりはない。二人は続けた。

「それもずっと格上の旗本から乞われてな」

「相手は一人娘」

「婿の来てのない醜女《しこめ》かというとさにあらず、絶世の美女だがそれだけでなく」

「琴を弾ずるし」

「筆を取れば水茎の跡もうるわしく」

「しかも小太刀と薙刀《なぎなた》の遣い手ときてる」

信吾は呆れ果てた。これでは竹馬の友ならぬ竹輪の友の三人、完太、寿三郎、鶴吉となんら変わるところがないではないか。信吾と波乃は、ここまで開けっ広げな俵と前原を見たことがなかった。

「できるなら泉三郎と替わってやりたいが、残念ながらこればかりはそうもゆかんのだ」

最後の前原の言葉は冗談めかしていたが、まちがいなく本音だろう。信吾を待ち伏せしたあとで飲んで泥酔したとき、前原はこうぶちまけた。

「武家ではな、おなじ血を分けた兄弟であっても、天と地の開きがある。主従よりもひどい。長子は一段高い畳敷きの座敷で食事を摂《と》り、それ以下は一段低い板の間で喰《く》わねばならん。それだけではない。皿数がちがうのだ。つまり料理の数がちがう。おなじ料理だと量がちがう。妻は娶《めと》れぬが、身の周りの世話をする女はあてがわれる。ところが女が孕《はら》んでも、生まれた子は間引かれるのだ。後嗣問題が起きぬようにとの予防でな。一事が万事こうなのだぞ。なのに、なぜに生かされておるかわかるか、信吾さんよう」

そして続けたのである。

「長子になにかあった場合の、つまりおっ死《ち》んだおりの予備でしかねえのよ」

となれば常軌を逸したとしか思えない俵と前原の興奮振りは、信吾にもわからぬではなかった。自分たちとおなじくいざというときの予備でしかなかった坂下が、婿とはいえ旗本の、それも格上旗本の当主となれるのである。二人が興奮するのは当然だろう。

合わせになっている。

だがその昂《たか》ぶりには同等の、いや遥《はる》かに熱くて重い羨望と妬み、そして口惜《くや》しさが背中に生まれなくてよかったとしみじみと思った。

同情を禁じ得なくもないが、商人に較《くら》べると選択肢のあまりの少なさに、信吾は武家に生まれなくてよかったとしみじみと思った。

胸の裡にあるものをすっかり吐き出したからだろう、俵と前原はそれまでの興奮振りが信じられぬほど静かになった。まるで瘧《おこり》が落ちたとしか思えないほどの変貌だ。

いや、単に静かになっただけではない。妙にしんみりして、迂闊《うかつ》に話し掛けることもできなかった。蛻《もぬけ》の殻のようになって、見ているのが辛《つら》いほどである。

むりもない。坂下の幸運に興奮して、子供のようにはしゃぎにはしゃいだのだ。友の幸運を祝う気持が胸に溢《あふ》れておれば、当然のことかもしれない。

ところがはしゃいでしまうと、幸運極まりない友に較べてまるで変わることのない自分の姿を、見なくてはならなかったのだ。雲の上の人となる友と、今までどおり地面《じべた》を這《は》っているに等しい自分を、目を背けたくても直視するしかない。

それがいかに残酷なことか、信吾は同情せずにはいられなかった。信吾にすれば頭の中で想像するだけのことでしかないが、俵と前原はそれを背負って日々を生きて行かねばならないのである。

信吾と波乃の困惑しきった顔に気付き、俵と前原はいくらかではあろうが、冷静さを取りもどしたようであった。

「ともかく信吾と波乃どのに知らせなければと駆け付けたので、詳しいことは知らんのだがな」

そう前置きして二人は喋り始めたが、まさしく詳しいことはほとんど知らなかった。

いつ、どこで、どういう状況であったかはわからないが、旗本河津《かわづ》家の一人娘志津《しづ》が坂下を見初めたとのことだ。芳紀まさに十七歳。

河津家は坂下家より遥かに格上だとのことだが、信吾は坂下家の石高を知らない。坂下家だけでなく、俵家や前原家の石高や親の役職も知らなかった。

相談屋を始めたばかりのころ、信吾は相談客に関して少しでも多くを知りたいと思っていた。客はほぼ商人だったので、どこの町にあってなにを営むかだけでなく屋号、家族や親戚関係、奉公人の数や取引関係などなど、相手の悩みを解消するには、少しでも詳しく知っているほうがいいと思ったのである。

だが相談屋としての仕事を進めるにつれ、問題は本人であって、雑多な知識は問題を解決するよりも本質を見えなくして、場合によっては妨げになることがわかってきた。それと客はすべてを打ち明ける訳ではなく、できるかぎり隠そうとするし嘘を吐《つ》くことさえあった。だから本人に対して正面から向きあうのが一番だと、次第に考え方が変わってきたのである。

坂下、俵、前原の順らしいが、正確な石高は知らなかった。集まって談笑するときもそれらは話題にならない。信吾はむしろ当人の考え方や、読んだ本とか趣味などのほうに関心があった。だから話しているときにわかったことは記憶しているが、信吾から訊き出すようなことはしなかった。

親はあれこれと一人娘の結婚相手を考えていたようだが、当の本人の志津が心に決めたとなると無視できない。当然のことだが、河津家では手を廻して坂下のことを調べた。

石高が河津家より低くはあるが、家柄や親戚関係に特に問題はない。学問所や道場での、泉三郎の素行や友人関係も良好だとわかったようだ。

「道場での友人関係が良好という点に、特に注意してもらいたい」と、俵が言った。

「名は出なかったが、友人とはこのおれ、俵元之進のことであるな」

「先に言われたか。となると、前原浩吉と訂正するのは野暮になる」

冗談めいたことが言えるのは、俵も前原も先刻の深刻さから立ち直っていたからだ。

「ということで祝いの席を設けたいのだが、坂下はなんとしても福の神である信吾に、そして波乃どのにも出てもらいたいそうだ。われらはその諾を得るために来たのだよ」

信吾は驚いたが、それ以上に信じられぬという顔をしたのは波乃である。

「そういう席なら、是非とも末席に坐《すわ》らせていただきます。ですがなんですか、福の神というのは」

「福の神は福の神だ」と、俵は真顔で言った。「神にもいろいろある。貧乏神に疫病神という厄介な神がいるかと思うと、福の神や結びの神がいる。信吾は坂下にとっての福の神だそうだ。ふしぎな縁で信吾と知りあって、というのはわれらが大川端で待ち伏せて、信吾を襲おうとしたことであるな」

「えッ」と、波乃は顔を強張《こわば》らせた。「襲おうって」

坂下、俵、そして前原とは妙なことで知りあったと言っただけで、信吾は波乃にその経緯までは話していなかった。

「つまり知りあいになりたいために、みなさんでちょっとした芝居を打たれたってことさ」

波乃にそう言ってから俵に先を急《せ》かした。

「実はあれを契機に、ということは信吾と知りあってということだが、坂下は良いこと続きだそうでな」

それまでどうにもならなかったことが一気に解決したり、医者に見放されていた叔父があれよあれよと言う間に快癒したり、立て続けにいいことが続いたそうだ。一度二度ならまぐれということもあるだろうが、そのうち坂下は奇妙な符合に気付いた。信吾を訪れて酒を酌み交わしながら談笑したあと、なぜかいいこと、あるいはいい知らせがあることに。

ある日、信吾を含めていつもの顔触れで呑んだことがあった。その翌日、椙森《すぎのもり》神社の近くで、坂下は男に呼び止められたのである。

富籤《とみくじ》売りの男で、明日が抽籤《ちゅうせん》の当日だが一枚だけ売れ残ってしまった。残り物には福があるというから買ってくれませんかね、と言われたのだ。売れないと自分持ちになるので、割があわないということだろう。普段なら「無礼者めが」と一喝して終わりだが、信吾と呑んだ翌日なので、もしやと思い二分を払って買った。

それが一等の千両ならまさに夢物語だが、さすがにそうはうまくいかない。それでも五両が中《あた》ったのである。

その「トドのつまり」が、大身旗本家への婿入りということであった。つまり信吾が大身旗本家への坂下の婿入りの、縁結びの神と坂下は信じているということである。

となると坂下の祝いの宴を断る理由はない。坂下は信吾をよほど気に入ったのか、その宴は本人、信吾と波乃、俵と前原の五人で、東仲町の信吾の両親の営む料理屋「宮戸屋」で催された。

それが三月ほどまえで、以後、連絡がないままに前原が一人でやって来たのである。

「二人は聞きとうないだろうし、わしも話しとうはない」

ちびりちびりと呑んでいた前原は、湯呑茶碗を下に置いてそう言った。

「すると坂下さまのご縁談になにか」

前原は目を剝《む》いたが、すぐに視線を茶碗へと落とした。

「なぜにそう思う」

「祝いの席を設けてから三月がすぎましたが、坂下さまだけでなく、どなたさまもお見えではありませんでしたから。なにかとご多用ではありましょうが、あまりにも間が空きすぎました。そして前原さまがお一人でいらして」

「気懸かりなことがあるようだと信吾は申したな。さすが相談屋だ。人をよく見ておる」

茶碗を取った前原は一口だけ含んだようだ。かつての泥酔しての醜態に懲りて、加減しているのだろう。ゆっくりと湯呑を下に置いて前原は言った。

「坂下の婿入りが破談になった」

「まさか」

「そんな」

信吾と波乃は同時にそう言って、あわてて手で口を押さえた。

「まさかと思いたいだろうが、こういうことで冗談は言えん」

「いつ、おわかりに」

「わしが知ったのは数日まえだ」

「するともっと早くに」

「宮戸屋での宴から、ひと月かひと月半ほどしてらしい。わしも俵も独身《ひとりみ》なので、坂下は志津どのや婚儀のことにはほとんど触れようとせなんだ。気を遣ってのことだとしても、さすがに変だと思って問い詰めてわかったのだ」

「一体、どういう事情で」

「事情もなにもない。理由も告げずに、先方から一方的に断られたとのことだ」

「坂下さまはさぞや」

「ああ、腹の内をぶちまければいいが、気丈に顔にも言葉にも出さずにおるので、余計痛々しい。わしも俵も、言葉の掛けようがのうてな。信吾なら良い慰め方、宥《なだ》めの言葉を存じておるやも知れんと思うたのだが」

「前原さまたち以上に難しゅうございます。町人がお武家さまに対してとなりますと」

「さもあらん。良い言葉を、良い慰めようを思い付いたら報《しら》せてくれ」

坂下の破談を伝えるためだけに来たらしく、言い終わると前原は立ちあがった。見送るために、信吾と波乃は玄関に向かう前原に従う。

「四人で楽しく喋れるときが、早く来ると良いですね」

「五人であろう。めおと相談屋のくせに、波乃どのを抜かすやつがあるか」

「でしたね。どうやら、あとで油を絞られそうです」

「なにかあれば、連絡しあうとしよう」

本当に五人で談笑できるようになればいいのだが、と信吾はしみじみと思ったことであった。

三

「なんぞ伝言箱に入ってたのではねえのか」

采女原馬場で夜鷹《よたか》が斬り殺されたのは水無月《みなづき》（旧暦六月）二十二日夜の四ツすぎであったが、そのため二十三日、権六は将棋会所にも母屋にも姿を見せなかった。それどころではなかったからだが、そんな事情は信吾にはわからない。

夜鷹殺しの瓦版が出たのが二十四日で、両国の茂十がもたらしたそれを、信吾は甚兵衛に言われて客たちに読んで聞かせた。そこで初めて概要を知ったのである。そのような状況では権六が来られる訳がないし、しばらくは顔を見せないだろうと思っていた。

翌二十五日の朝まだき、番犬「波の上」の吠《ほ》え声で飛び起きた信吾は、伝言箱に紙片を入れようとした信三を捕らえた。紙片に書かれていたのは「骨折り損のくたびれ儲け」という、権六が知ったら怒髪天を衝《つ》きそうな一行であった。

あれこれ問《と》い質《ただ》して信三を一味の一人でないと判断した信吾は、権六に渡さずに放免したのである。

その日は手習所が休みで子供客の集まる日であったが、なんと五ツ半（九時）に、手下を連れた権六が姿を見せた。信吾が意外に思うほど早かったのは、夜鷹殺しから三日がすぎていたこともあるのだろう。采女原馬場での殺しの処理が取《と》り敢《あ》えず付き、いよいよ柳原土手の夜鷹殺しと永久橋の船饅頭《ふなまんじゅう》殺しを含めた、本格的な探索が始まるということのようだ。

子供を交えた将棋客たちのいるところで紙片についての話はできないし、かと言って手渡すのも憚《はばか》られた。それもあって、取り留めもない話をしただけで権六たちは帰ったのである。

ところがその夜、母屋に一人でやって来るなり、権六は伝言箱に紙片が入っていたのではないかと切り出した。朝の短い遣り取りで信吾が話さなかった、あるいは話せなかったことがあると感じたにちがいない。さすがは権六だと、信吾は勘の鋭さに改めて舌を捲《ま》いた。

「はい。あのときは将棋会所のお客さまもいらしたので、話せませんでした。ちょっとお待ちください」

信吾は文机《ふづくえ》の上の文箱の蓋を開け、信三から取りあげた紙片を出して権六に渡した。藪蚊《やぶか》に喰われながら何日も采女原に張りこんだ末に、裏をかかれて夜鷹を斬り殺されたことへの痛烈な皮肉が簡潔に書かれている。

見るなり目を剥いて、顳顬《こめかみ》に青筋を立てると思っていたが、そうはならなかった。考えてみれば当然かもしれない。その程度で頭に血がのぼるようでは、岡っ引は務まらないということである。

カッとならなかったばかりではない。無表情に紙切れを見ていたが、やがて権六は薄笑いを浮かべた。

「おもしれえじゃねえか」

燗をつけた銚子と大振りな盃を載せた盆を持って現れた波乃が、事情がよくわからないこともあってだろうが権六に笑い掛けた。

「あら、親分さん。ご機嫌ですね」

「信吾におもしろいものを見せてもらったところに、別嬪《べっぴん》さんが酒を持って来てくれたのだからな。おもしろいものに別嬪さんに酒、三拍子そろえば上機嫌にもなろうさ」

「少し待ってくださいね。なにか食べ物を見繕《みつくろ》いますから」

「いや、腹はくちくなっておるから、酒だけで十分だ。それより別嬪さんもいっしょに呑もう」

波乃は権六と信吾のまえに盃を置くと酒を注《つ》いだが、自分の盃も用意していてそちらも満たした。波乃はあまり呑まないものの、女の自分が少しは口を付けたほうが、場の雰囲気がよくなることは心得ている。三人が盃を手に、思い思いに口に含んだ。

盃を下に置くと、権六は紙片をさりげなく波乃に渡した。波乃は信吾が信三を捕らえたあとでそれを見ている。ときがときだけに一瞬で顔が強張ったが、懸命にそれを感じさせまいとしているのがわかった。

権六が繰り返した。

「おもしれえじゃねえか」

そう言いはしたが、さんざっぱら揶揄《やゆ》されておもしろかろうはずがないのだ。

「おもしろい、ですか」

腹に据えかねての発言だとわかっていながら、信吾はわざと訊いてみた。遣り取りの途中なので、波乃には経緯を説明しない。聞いていれば次第にわかってくるし、わからなければ権六が帰ってから信吾に訊けばいいからである。

「鼻を明かしてやったと、散々虚仮にして得意になっている面《つら》が目に浮かぶぜ。ほくそ笑んでるがいいのだ。そうすりゃ自然と気が緩むからな。となるとかならず襤褸《ぼろ》を出す。それが人というものだ。勝って兜《かぶと》の緒を締めよと言う。言うのは簡単だが、やるとなるとそうでもねえのよ」

「油断する、ということですか」

「ああ、一人一人は慎重でも、何人もが絡んでいると、一人くらいはうっかり二歩《にふ》を指すやつがいるからな」

そんな言葉が権六の口から出るとは、信吾は思ってもいなかった。

二歩は自分の歩兵《ふひょう》が置かれている筋に、持ち駒の歩兵を打つことで、禁じ手とされている。指せば駒から手が離れた瞬間に負けとなるのだが、勝負に没頭すると細部が、というか盤面全体が見えなくなることがあるようだ。ごく稀《まれ》にではあるが、かなりの腕の者でもやってしまう。

権六は将棋会所「駒形」に来ても、盤面には目もやらないが、知らない訳ではないとわかった。いや、駒の並べ方と動かし方だけは知っていると、聞いたことがあったかもしれない。

見るとつい引きこまれるので、多忙な岡っ引は自分に対して禁じているのだろう。若い時分には、けっこう夢中になったのかもしれなかった。

となると興味が湧く。力量は知らないが、一度くらいは権六と指してみたいと思う。しかし信吾が席亭だからというよりも、多忙を理由に断られそうだ。

癖のある手を駆使しそうな気もするが、意外とありふれた、すなおな手を指すかもしれなかった。マムシとか鬼瓦と言われても、将棋は顔で指す訳ではない。これればかりは、対局してみなければわからないのである。

そんな思いを振り払って信吾は言った。

「まだ続くでしょうか」

「と、言うと」

信吾がなにを言いたいのかを、わかっていながらの問いだとわかる。

「三度ですからね。柳原土手の夜鷹、永久橋の船饅頭、そして采女原の夜鷹です。三回とも瓦版で派手に書かれましたから、騒ぎを起こそうとしてやったなら、目的は果たせたはずですよ」

「それは考え方次第だな」

「親分さんはおっしゃいましたね。御公儀《おかみ》に喧嘩《けんか》を売るほどだから、慎重が上にも慎重にならずにはいられないはずだ、と」

「ああ」

「三度もおなじ手を使えば、町方だって黙っていません。相手もそれがわかっているはずですから、待ち構えているところに、のこのこ乗り出したりはしないと思うのです。散々振り廻したのだから、満足して終わりにするか、まるきりちがうことを仕掛けてくるか」

「まるきりちがうというと、例えば」

「そこまではわかりませんし、見当も付きません。だけどやるなら思いも掛けないようなことを企《たくら》むだろう、という気がしてならないのです」

権六は何度もおおきくうなずいたが、同意したからではなかったようだ。

「それは考え方でな」

「考え方、ですか」

「普通でありゃ、信吾の言ったような辺りに落ち着くだろう。だが、ああゆうやつらは普通じゃねえんだ。あれで終わりにして、ちがうことを企むとしても、実際にやる以上は危うい橋を渡ることに変わりはねえ。となりゃ目晦《めくら》ましを掛け、目先を誤魔化しながら、おなじことを繰り返すこともあり得る。采女原馬場での派手な喧嘩騒動のようにな」

やはり権六は、あの喧嘩が偶然起きたとは考えていないのだ。もっとも信吾が気付くくらいだから、当然かもしれないが。

「そのほうが、町方に与える痛みはずっとおおきい。やつらは常に、相手の裏を掻こうとするのだ」

「さらにその裏を掻かねばならない、ということですね」

「当然、相手は裏を掻く」

「その裏をとなると」と、深刻さを感じさせずに波乃が言った。「それじゃまるで、イタチごっこじゃないですか」

「だからおもしれえのよ」

淡々と言ったが、それが権六の本心である訳がない。イタチごっこは際限のない堂々巡りのことなので、岡っ引の権六にとってこれほど忌まわしい言葉はないはずである。

話の接ぎ穂を失った気がして、信吾は盃に手を伸ばした。ゆっくり呑み干して下に置くと、波乃が銚子の酒を注いだ。

信吾は一番気になることを口にしていた。

「夜鷹殺しや船饅頭殺しに気を紛らせておいて、まったくべつのことを企んでいるということは考えられませんかね」

権六はギロリと鋭い目を向けてから、俯《うつむ》くと盃を手に取った。呑み干して下に置くと、波乃が酒を満たした。

「ないとは言えねえよ。おなじことを繰り返せば、いつか人は慣れてあまり感じなくなるからな。そのうちに『あッ、またか』くらいにしか思わなくなる。夜鷹が殺されたそうだが、今度はどこだい、てなことになってしまう。そうしながら、とんでもないことを企んでいないとはかぎらねえ。あるいは同心の旦那やわしら目明し連中を、そちらに掛かり切りにさせているのかもしれん。手薄になるのを待って、どでかい商家に大勢で押し入るなんてことも考えられなくもねえ。だがな、あるいはとか、かもしれねえと、いくら考えても意味がねえのよ。たまたまなにかを摑《つか》んだとか、告げ口があったとか、どこかの蔵の鍵を開けて大金を奪ったやつが一味に加わっているとわかったとか、ちょっとでも取っ掛かりがあれば動きようもある。でなきゃ、なにをやったってむだになるのだ」

「なにかが起きるのを待つか、兆しに気付くしかないのですか。待つしかないのですね」

「ああ、待つしかねえのよ」

「だったら、相談屋とおなじではないでしょうか」

波乃がそう言ったが、信吾もそれは感じていた。しかし黙っていたのだ。

似ている部分はたしかにあるが、根本的にちがっている。相談屋は客が相談を持ちこまないかぎり、どうにもならない。だから信吾は生活のために将棋会所を営みながら、ひたすら客からの相談を待っているのであった。

相談屋にとってもっとも困るのは、力を尽くしても相談事を解決できないことである。しかし最悪の場合でも相談料を受け取らず、もらっていても返せばすむ。信頼は損なうかもしれないが、相談客に多大な迷惑を掛けたり損害を与えたりすることはない。

ところが権六たち町方の場合は、解決できなければ深刻な問題を引き起こしかねなかった。商家が潰れて家族や奉公人が路頭に迷うこともあれば、一家離散、娘の身売り、一家心中などの悲劇さえ起こりかねない。

しかし波乃が、待つしかないとなると相談屋とおなじだと断定的に言ってしまったとなると、そのままにしてはおけなかった。信吾は類似点と相違点を波乃に説いたが、半ばは権六に言ったのかもしれない。

話は権六も言ったように、あるいは、かもしれない、などと曖昧な状態のままに進められた。三人はその後も、ああでもないこうでもないと、かなり長時間に亘《わた》って話しあった。だが根本にたしかなものがないので、いくら話を重ねても屋上屋を架すで、納得のいく答えが得られる訳がない。

一升徳利《いっしょうどっくり》が空になったのを潮に、すっきりしない顔で権六は引き揚げた。

四

その後、相談事に関する伝言はあったが、一行書きの紙片は入れられぬまま、月が変わって文月《ふづき》（旧暦七月）となった。

三度に亘る最下級の遊女《あそびめ》殺しにより、瓦版を通じて世間を騒がせたことで目的を達したからだろうと、信吾はその思いを次第に強くし始めていた。そのために紙片が入れられぬのであればいいのだが、そうなってもらいたいとの信吾の願望でしかないのかもしれない。

一日は手習所が休みで、子供客が集まる日である。板の間の六畳では、常吉と直太の対局を子供たちが見守っていた。

常連客の中にも、常吉やハツの指導対局を熱心に見る者がいる。未熟なりに、思いもよらぬ手を指すことがあるからかもしれない。

ところが「おやッ」と思うほど意外な、あるいは奇抜な手を指しても、そこまでということが多かった。さらなる一手、妙手が続かぬために、最初の手を活《い》かしきれないのである。だがそれを見ている者には、ときとして思いもよらない閃《ひらめ》きが得られるのかもしれなかった。

それとも「初心忘るべからず」と言うが、将棋を憶えて間もなくの、謙虚で無心だったころの自分を思い出させるからだろうか。

信吾は久し振りに狂歌の宗匠柳風からの挑戦を受けて、八畳間で対局した。信吾と柳風の勝負となると、自分の対戦を中断しても見物しようと集まる常連が多い。

信吾は柳風の激しい攻めを凌《しの》ぎ切り、一気に反撃に出て勝利を収めることができた。

「将棋の醍醐味《だいごみ》は攻め、それも電光石火の早業で有無を言わさず攻めに攻めて、敵を蹴散らすことだと思っていましたが、席亭さんの対局を見ていますと、凌ぎに凌いで凌ぎ切ることこそ真《まこと》の醍醐味だという気がしますね」

桝屋良作に言われ、信吾は顔のまえでおおきく手を振った。

「とんでもないですよ。常に風前の灯《ともしび》で、いつ吹き消されるかと、ハラハラのしどおしです。あとになって、胃の腑《ふ》がキリキリ痛むことでしょうね」

「ハラハラにキリキリですか。そうおっしゃるけど、余裕が感じられますよ」と、言ったのは甚兵衛であった。「今、思い付いたのですが、凌ぎの席亭さんとか、凌ぎの信吾さんの渾名を献上しようと思います」

「いいですねえ。常に受け身でありながら、絶対に倒されないという、どことなく凄《すご》みも感じられます。そういうところが、席亭さんを実によく表していますよ」

負けを喫したばかりの柳風がしみじみと言ったので、実感が籠って感じられた。

「であればその名は、柳風さんにこそふさわしいのではないですか。わたしにはとても、そんな余裕はありませんから」

信吾がそういうと、柳風はまじまじと見てから額を掌《てのひら》で叩《たた》いた。

「柳に風と受け流す、ですか。これは見事に一本取られました。てまえの号を席亭さんにお譲りしなければなりませんね」

「いや、それだけはご辞退しなければ。わたしは柳風さんほど風流じゃありませんから」

そんな一場があって、「凌ぎの席亭」あるいは「凌ぎの信吾」が渾名になったのである。どちらを使うか、「さん」を付けるか付けないかは、人によってちがうということだ。

その日はいつものような検討にならず、途中から雑談に終始した。信吾の渾名から話が進んで、柳風の紹介で来所した千足の棋風などに話題が及んだのである。

そうこうしているうちに昼になったので、客たちは食事のために家に帰るか飯屋や蕎《そ》麦屋《ばや》へ食べに出た。柳風はもう一番指したそうであったが、用があるとかで心を残しながら帰って行った。

金龍山浅草寺弁天山の時の鐘が九ツ（十二時）を告げたので、信吾は常吉を母屋に食事に行かせた。

将棋会所の伝言箱を覗《のぞ》くと、紙片が一枚入れられていた。念のため母屋側を調べたが、そちらにはなにも入っていなかった。

信吾は意表を衝かれた思いがした。なぜなら、これまでは入れられるのが夜から早朝にかぎられていた紙切れが、午前中に入れられていたからだ。なぜそんな時刻にと訝《いぶか》った信吾は、信三が番犬「波の上」のことを話したからだろうと判断した。

やつらはたまたま知りあった信三に、手間賃としては多すぎる一朱を与えて、夜明けまえに紙片を伝言箱に入れさせたとは思えない。それだけのことをやらせるには、信三がどういう性格か知ってのことだろうし、住んでいる町や家業、屋号などは当然調べていたはずである。

おそらく信三に新しい紙片を入れるよう持ち掛け、猛犬がいるからできませんと断られたにちがいない。その怯《おび》えようがあまりにもひどいので、別人に声を掛けたのだろう。いずれにせよ、暗いうちは番犬が見張っているとわかったのである。であればむしろ、人通りの多い日中に堂々とやったほうが気付かれないのではないか、ということになったのではないだろうか。

考えてみれば、人に見られるかどうか気にする必要はない。浅草近辺の住人であっても、いや、信吾と波乃の住む黒船町、北隣の諏訪町《すわちょう》や南隣の三好町《みよしちょう》の者でも、伝言箱があるのを知らない人のほうが多いだろう。知っていたとしても、そこになにかを入れるのを見れば相談事に関する連絡だと思うはずである。

入れたのが知りあいなら「おやッ」と思うかもしれないが、見知らぬ人であればだれも気にしないにちがいない。風変わりな一行だけが書かれた紙片が入れられることがあるのを知っているのは、信吾と波乃、そして権六だけであった。

午前中に入れられていた理由は、警戒しすぎていたとわかったから変更したのではないだろうか。ごく自然にやれば、気が付く者などいやしないとの判断から、そうしたにちがいない。

信吾が意表を衝かれたのは、時間的な問題もたしかにあったが、それよりも紙片に書かれた内容であった。

　知らないのはお前だけさ

それを目にした瞬間、力任せに頭を殴られた思いがした。

例の子供の囃子詞《はやしことば》の、「美晴と金太がくっついた　黙っていても知っている　知らないのは二人だけさ」の最後の部分だったからである。しかも「二人」を「お前」に変えてあった。

どういうことなのだ。

果たして、「美晴と金太がくっついた」に関わりがあるのだろうか。それは目晦ましで、まるで無関係なべつのことを企んでいるのか。

訳がわからない。だが、なにかを示唆しているはずである。

今回の「知らないのはお前だけさ」が八枚目になるが、これまでに届いた七枚は次のようになっていた。

　一枚目「知らぬがホトケ」

　二枚目「イワシの頭も信心から」

三枚目「ヨタカハアサガタカタガック」
四枚目「美晴と金太がくっついた」
五枚目「マンジュウを喰ってみるか」
六枚目「采女原にも風情あり」
七枚目「骨折り損のくたびれ儲け」

このうち三枚目と五枚目、そして六枚目は殺人に繋《つな》がった。新しい八枚目は四枚目と無関係ではなさそうだとなると、やはり殺人の予告ではないだろうか。「お前」が権六の言う町方を指しているとすると、「知らないのはお前だけさ」は「骨折り損のくたびれ儲け」よりも露骨なからかい、いや挑発と言うよりまさに挑戦である。

常吉と入れ替わって母屋に食事にもどった信吾が、波乃に紙片を見せたのは食べ終えたあとであった。意味ありげな一文を見せられては、波乃があれこれ考えて、食事をおいしくいただけないだろうと思ったからだ。

食べ終えてお茶を喫してから見せると、波乃は思ったとおり顔を曇らせた。

「権六親分に報せたほうが、いいのではないでしょうか」

「すぐにもそうすべきだと思ったけれど、思い直した」

「なぜかしら」

問われて信吾は、紙片が午前中に伝言箱に入れられていた理由について、自分なりに考えたことを話した。あまり波乃を心配させたくはなかったが、事情が事情だけにどういう状況に置かれているかは、話しておくべきだと思ったからだ。

「連中が見張っているとすれば、動きが筒抜けになるからね。あたふたと親分の所へ駆けこんだりしたら、すっかり見透かされて、連中とすれば次の作戦が立てやすいだろう」

信吾は取り次ぎ役でしかないと権六は言ったが、それは権六の判断であって、絶対にそうだとは言い切れないのである。

「だとしたら、どのように」

「親分が来るのを待とうと思うんだ。親分がここに顔を出すことは、向こうだって知っている。そのときに話すなら、それほど不自然ではないからね」

「かもしれないですけれど」

波乃がなにを案じているか、わからぬではなかった。

「それまでに、だれかが犠牲になるかもしれない。心配であるけれど、どうしようもないのだよ」

「そうでしょうか」

場合によってはだれかが命を喪《うしな》うかもしれないのだから、波乃がそう思うのもむりはない。だが権六に話したとしても、「知らないのはお前だけさ」だけではなんの取っ掛かりもないので、手の打ちようがないはずだ。

関係するとすれば「美晴と金太がくっついた」だろうが、名前の美晴と金太は意味を持たない。なぜなら、どんな名前とも入れ替えられる仮の名だからだ。

「町方の人には、あたしたちが思いもよらないような、特別な方法があるかもしれないでしょう」

信吾は思わず笑ってしまった。

「あら、なにがおかしいのですか」

笑われた理由がわからなかったからだろう、波乃は明らかに気分を害したようだ。

「わたしと波乃は絵に描いたような似たもの夫婦だなあ、としみじみと思ったからだよ」

権六のような町方には、普通の者には考えられないような、思いも付かない独自な方法があるにちがいないと、特に根拠がありもしないのに信吾もそう思ったことがあった。

「似たもの夫婦ですか」と微《かす》かに笑ってから、波乃は続けた。「それにしてもしみじみと思いましたけど、相談屋は待つことが仕事なのですね」

ついこのまえ話題になったことを波乃が言ったので、信吾は思わず妻の顔を見た。

「でも権六親分は、いつお見えになるかわかりませんよ。続けてのこともあれば、十日とか半月も音沙汰なしのこともありましたから。そのあいだずっと、なにか起こらなければいいと願い続けるのは、とても辛いわ」

「だけど物事は割り切らなきゃ。このことは相談屋の仕事とは関係がないのだから、波乃が気に病むことはないと思うけど」

「でも、信吾さんはそうもいかないでしょう。深入りとまでは言わなくても、関わってしまいましたから」

「だとしても限度があるからね。相談屋の埒《らち》を超えたら、いくら足掻《あが》いてもどうしようもないもの。それにわたしはこう見えても商人だから、損得勘定は常にしているよ」

「だとは思いますけど」

そうは行きそうにないから心配なんですよ、との言葉が聞こえたような気がした。

八畳間を出て沓脱石《くつぬぎいし》で日和下駄《ひよりげた》を突っ掛けた信吾は、垣根に設けられた柴折戸を押して会所側の庭に入った。

信吾を見あげながら、波の上がしきりと尻尾を振る。

――まるで待っていたようだな。話があることを知っていたのか。

――以心伝心ってやつさ。

まさか、と思わず声をあげそうになった。波の上は小僧の常吉や子供客の留吉、正太、彦一なんかよりも、言葉を知っているかもしれない。

信吾は会所の庭のちいさな池のほとりにある石に腰をおろすと、懐から八枚目の紙片を取り出して波の上に嗅がせた。

――波乃さんの匂いが微かなのと、信吾の匂いが強いのはこれまでとおなじだな。やはり波乃を「さん」付けにし、信吾を呼び捨てにしたが、そんなことは気にもならない。

――ほかは知らない匂いだが、一つだけ最初からずっと付いているおなじ匂いがある。

――おそらくそいつが張本人か、一味の親玉だろう。

権六が腸《はらわた》の煮えくり返るほど憤慨しているはずの、小憎らしい一行を書くやつにちがいない。

もしも突き止めて捕らえることができたなら、波の上に対面させたいものである。果たしてどんな顔をするだろうか。黙って近付いて、脛《すね》に咬《か》み付くくらいのことはやりかねない。

――で、これはいつ、どこに。

波の上に問われ、信吾は現実に引きもどされた。

――会所の伝言箱に入れられていた。朝に開けたときには入っていなかったが、昼に開けたら入っていてね。

――朝から昼のあいだに入れたってことか。思ってもいなかったが、まんまと不意を衝かれたな。

しばし黙ってから名犬は言った。

——となると、やはり見張っていたほうがいいんじゃないのか。

——いや、むだになる。というか、波の上の手には負えんだろう。

気分を害したのがわかったが、信吾はかまわず続けた。

——伝言箱は母屋と会所の二箇所にあるんだ。それに明るいうちは人通りも多い。それより、相談客かそうでないかを見分けることは簡単ではないからな。

——じっと見ていられるなら、見分ける自信はあるよ。

——そうとも言い切れないぞ。紙を入れるやつはかなり緊張しているだろうが、それは相談客にしてもおなじだ。相談に入ってからも、あれこれと芝居するくらいだからな。両方とも緊張しているし芝居もする。芝居をしていることを覚《さと》られぬような芝居をすることもある。かと思うとまるで頓着しない者もいるんだ。似ているところがあるかと思えば、まるでちがってもいる。そういう連中の白か黒かを見分けるとなると、神業としか言えないからね。

——しかも二箇所となると、やはりいくらおれでもむりか。両方を同時には見張れんからな。

——だから今はようすを見るしかない。こういうことは、ちょっとしたなにかで変わることもあるから、焦らぬことだ。
——わかった。おれにできることがあったら言ってくれ。
——ああ、そのときにはよろしく頼む。

五

大黒柱の鈴が二度、間を置いて二度、さらに二度鳴った。将棋客たちの対局を観戦していた信吾は、飛びあがるようにして席を立った。普段は物静かで多少のことには動じないだけに、客たちが驚いたほどだ。

信吾はなにも言わずに常吉と甚兵衛にうなずいただけで、沓脱石の下駄を突っ掛けた。

坂下泉三郎の縁談が破談になったことは、相談屋の仕事ではなかったが、信吾にとっては衝撃的な出来事で放置できなかった。親しくなってほどない若侍が、友も羨む幸福の絶頂から真っ逆さまに突き落とされたのだから、その心中を推し量ることなど、商人の信吾にはとてもできはしない。

ただ、なぜそうなったのかという理由と、その後の坂下の動向は知りたかった。そして会うことができれば、いかにわずかであれ、またどんな形であろうとも、なんとしても慰めるなり励ますなりしたかったのである。

母屋に来客があれば大黒柱の鈴を二度ずつ、二回鳴らすことになっている。信吾は波乃に坂下、俵、前原たちが来れば、そのうちの一人であっても、三回繰り返して鳴らすように頼んでおいた。つまり日常的な連絡とはべつという意味で、特例を設けたのだ。

よもやと思っていたが、二度ずつ三回繰り返して鳴ったのである。吉報であればよいがその逆もあり得る。中途半端はないだろうと信吾は思っていた。

生垣に設けられた柴折戸を押して母屋側の庭に入り、八畳間を見た途端に凶だとわかった。しかし凶でも最悪ではあってくれるなと、俵元之進と前原浩吉の顔を見て信吾はそう念じた。

「信吾と波乃どのが、気を揉《も》んでおると思うたでな」と、信吾が正坐《せいざ》するのを待っていたように俵は言った。「わかっておることだけでも、報せねばと思って邪魔をした」

「ありがとうございます。実は気が気でなりませんでした。それで、坂下さまはお元気にすごされているのでしょうか」

信吾の問いに、俵と前原は思わずというふうに目を見あわせた。普通の人は気付きもしなかっただろうが、毎朝、鎖双棍のブン廻しで鎖の繋ぎ目を見る鍛錬をしている信吾の目は、それを見逃さなかった。

もっともそれほど大袈裟なことではない。俵の目が「おまえが話せ」と前原に伝えただけのことだ。

「元気かどうかと言えば元気だ」と、前原は奥歯に物が挟まったような言い方をした。

「ある意味で、これまで以上に頑健と言おうか、むしろ強靭《きょうじん》と申しても過言ではあるまい」

あれほどの痛撃を受けながら、挫《くじ》けぬということがあるだろうか。周りの者に弱みを見せたくないために、心を鎧《よろ》っているのかもしれないと思う。坂下に対してそれほど失礼なことはないだろうが、そうとでも思わねば、頑健とか強靭と前原の言ったことが宙に浮いてしまうのである。

「すると、心、気持のほうが、でしょうか。むりもありませんが」

二人はまたしても顔を見あわせた。赭ら顔の俵の顔がさらに赤くなった。俵の番ということだろう。

「あれほどの衝撃を受けたとなると、並の心であれば粉々に砕けてしまうはずだ。ただ坂下の心はそれほど脆《もろ》くはない」

「すると自暴自棄になって、酒や博奕《ばくち》に溺れたりはなさらず」

「ああ、坂下はみずから崩れるような、やわなやつではない」

俵の言葉におおきくうなずいた前原の目が、宙を彷徨《さまよ》うような動きを見せた。

「ただその強さが、正の方向に向かえばよいが」

「セイ、ですか」

「残念なことに負に向かっておる」

一瞬の混乱は正と負だとわかって治まったが、「向かっておる」の意味が汲《く》み取れない。

「俵よ。それでは信吾も波乃どのも、戸惑って当然だ」と、前原が苦笑した。「そのまえのところから明らかにしないとな」

前原に言われて俵も納得したらしく、以後は二人が補いあったり、細かな訂正を加えたりしながら話したのである。

突然の一方的な破談の通告に、坂下は納得できなかった。自分に落ち度があったからだろうかと思ったが、どう考えても思い当たる節はない。

瓦版を見て、夜更けに仲間と信吾を襲おうとしたことはあった。賭けのために三人で一人の、それも無腰の町人を襲うなどは、武士にあるまじき行為と非難されてもしかたがない。しかし未遂に終わったし、あとで仲直りのためにいっしょに酒を呑んでいる。しかも一年半もまえのことであった。なにより、ほかのだれも知らないのだから、相手側の河津家が知る訳がないのだ。

坂下にはある種の頑固さがあって、学問所では自分の主張を譲らず議論になることは絶えない。だが論理的に意見を述べて譲らないだけなので、喧嘩になったり人の恨みを買ったことはなかった。

また道場においては師範代に次ぐ実力である。指導の的確さから、十代の弟子たちにも慕われていた。

参加しているいくつかの趣味の会においても、鋭い意見や新鮮な着眼点などから一目置かれていたようだ。仲間と飲み屋や岡場所に行くことがあっても、騒いだり問題を起こしたりしたことはなかった。

つまり健康で常に前向きに生きているし、思考や思想の面でも特に偏ってはいない。どこから見ても模範青年なのである。

河津家よりかなり格下であるのが難点かもしれないが、人物に重点を置くなら、ほとんど理想に近いと言っていいだろう。むしろ、坂下を認めた一人娘志津の目のたしかさを賞するべきであった。

「河津家から婿に乞われたと聞いたとき、ほかのやつなら許せないが、坂下なら仕方ないと思ったものだ」

前原がそう言ったのはいささか力みすぎだろうが、同意して俵もうなずいた。

「若いときには親や兄、親類から散々言われたな。常に努力を怠らなければ、機会はかならず巡って来る。それを信じて励めと言われてその気になっても、すぐにわかるのだ。道場でも学問所でも、逆立ちしたって勝てないやつの一人や二人はいるからな」

「そういうことだ。自分の能力はすぐにわかる。親や兄が口うるさく言うからやってはいるが、どうにもならぬということは自分が一番よく知っておるのよ」

　そう言ったのは前原だった。

「同格なら願ってもない。格下からであろうと、旗本から養子や婿養子の声が掛かればよいが、富籤に中《あた》るより難しい。昔はそこそこの武家の次三男坊は僧侶にさせられたそうだ。取り敢えず坊主になって、長男になにかあれば直ちに還俗《げんぞく》して跡を継ぐということだな。今は坊主になることすら簡単ではないのだ」

「武家を捨てる手もあると言いたいかもしれんが、簡単に言わんでもらいたい。なんの才もなくて捨てられるものか。手習所の師匠にでもなれば喰うだけは喰えるかもしれんが、なり手が多くてそれすら危うくなっておるのだぞ」

「画才や文才があって絵師や物書きになった旗本や御家人もいないではないし、商家に婿入りして商才を発揮している者もいる。ただし、そういう才があればの話だ」

「腕によほどの自信があれば、道場を開く道もあるだろうが」

「信吾の自在鎖《じざいぐさり》に、おたおたしておるようなわれらがごときでは話になるまい」

　大川端で三人に待ち伏せされた折、信吾は鎖双棍を自在鎖だと言った。そればかりではない、八術殺《やじゆつ》しとも八術伏せとも言われていると法螺《ほら》を吹いたのである。剣術、鎗《そう》術、薙刀術、鎖鎌《くさりがま》術、十手《じつて》術、手裏剣《しゆりけん》術、棒術、杖《じよう》術、その八つの術すべてを打ち負かすことができると豪語したのだ。

「坂下なら道場を開いてもやっていけた、いやいけるはずだ」

「非の打ち所がない坂下が、なぜ理由も告げられず一方的に破談されたかだがな。ここまで言えば、信吾にも波乃どのにもわかるだろう」

わからぬはずはない。信吾はそれを口にするのが辛く、思わず波乃を見てしまった。

「讒言《ざんげん》、つまり告げ口ですか」

ためらいがちに波乃が言うと、俵は手を打った。

「さすがに、めおと相談屋の女房だけのことはある。それしか考えられないであろう」

「すると坂下さまはその事実を摑まれたか、それらしきなにかの端緒を」

信吾は二人が、それを話しに来たのだと思ったがちがっていた。俵は首を掻いた。

「わからん。坂下は自分や親兄弟に落ち度がないのに、一方的に破談されるには邪《よこしま》な輩《やから》が絡んでいるはずだと思っているようだ。そういうやつらであれば、尻尾を摑まれるようなへまはすまい」

「坂下はなんとしてもそやつを割り出し、制裁を加える気でおるのだが」

「法のもとで裁けぬことを自分で解決しようとすれば、場合によっては」

「命と引き換えねばならんだろうな」

いとも簡単に言われて、信吾は絶句するしかなかった。名誉の問題で、場合によっては命を捨てねばならぬこともあるのだろう。しかし武士でない信吾にとっては、それほど理不尽なことはない。

「すると坂下さまは」

「そやつを割り出そうとして、目の色を変えておるよ。あれを見ると、とても他人事《ひとごと》とは思えん」

「さよう。いつ自分の身に降り掛からぬともかぎらんからな」

「非力なのはわかっておるが、わしは力になってやろうと思っておる」

「それにしても讒言するとは」

俗に言う「逆玉の輿《こし》」と妬まれていたとしても、武士がそこまでするとなると……いや、そこまで追い詰められているということだろうか。商人である信吾には、目を背けたくなるほどおぞましかった。

「中途半端ゆえ却《かえ》って気を揉ませることになったやもしれんが、信吾と波乃どのが気に掛けていると思うたのでな」

前原に言われ、信吾と波乃は首を振った。

「いいえ、教えていただいて、とてもありがたかったです。なにしろ、なに一つとしてわかりませんでしたから」

「坂下は信吾を信頼というか高く評価しておるので、ふらりとここに来るやもしれん。その折はわしらの言ったことは横に置き、やつの話を聞いてやってくれ」

「もちろんでございます。ですがお武家さまが、てまえどものような商人に」

「いや今回のこともあって、坂下は武士というものにうんざりしておる」

前原の言葉にうなずいて俵が続けた。

「それに、やつはここに来るのを楽しみにしていたのだ」

「坂下さまがでございますか」

「信吾と波乃どのと話していると、爽やかな風を感じると言っていたからな」

「またなにかわかれば報せるが、あまり期待せんでくれよ」

坂下が讒言した輩を割り出し、なんとしても制裁を加えずにはおかぬのを、俵と前原は知っている。法のもとで裁けぬことを自分で解決しようとすれば、命と引き換えねばならないとも言ったのだ。

河津家が破談を取りさげることは、よほどの事情がないかぎりあり得ない。となると、明るくすっきりした解決は期待できないのである。

伝言箱への紙片だけでも頭が痛いのに、気の重くなる問題が一つ増えたのだ。

六

信吾はまたしても、昼の九ツ半（一時）ごろに聞こえる下駄の音を気にするようになった。両国広小路で瓦版を買ってから、指しに来る茂十の足音である。

八枚目の紙片「知らないのはお前だけさ」絡みの瓦版が出ないだろうかと、気懸かりでならないのだ。ところが紙片に関しての瓦版を手に、茂十が駆けて来ることはなかった。

ある日、あわて気味に下駄音を響かせたことがあったので、信吾は「もしや」と期待した。ところが瓦版に書かれていたのは、若手の人気役者が何人かの男や女とややこしく絡みあった、痴話喧嘩の顚末《てんまつ》であった。茂十はその役者を贔屓《ひいき》にしていたのである。

夜鷹と船饅頭殺し以来、世間を騒がすような事件は起きていなかった。瓦版は売れなければ商売にならないので、ならばと人気役者に的を絞ったのだろう。芝居好きな女性にねらいを定めて、派手に騒ぎ立てたということのようだ。

将棋客たちは随分と盛りあがっていたが、信吾はいつものように少し距離を置いて聞いていた。

内容も大したことはない。あとで指摘されても言い訳ができるように、「と思われる」「らしい」「にちがいない」などと、推測ばかりが続いていた。噂 話《うわさばなし》に毛が生えたくらいということにして、巧みに逃げを打っている。

波乃が言っていたように権六は顔を見せず、文月も三日、五日、七日とすぎてしまった。

野太い声を聞いたのは、八日の八ツ（二時）すぎである。

「どうでえ、変わりはねえか」

将棋客たちに声を掛けながら、権六の目は信吾に「母屋で話そうぜ」と言っていた。もっとも権六のほうには特に進展がなく、信吾にはなにかなかったか、ということのようである。

だがあまり期待していないのが感じられたので、信吾はいくらか気が楽になった。緊急事態となれば報せることになっていたので、権六にもこちらに動きのないことはわかっているはずである。

権六が常連客たちと挨拶を交わすのを待って、信吾は小僧の常吉に声を掛けた。

「へーい」

「鈴を二つだ。頼んだぞ」

母屋の波乃に来客ありの合図をするよう命じると、信吾は土間に降り、権六を伴って会所の庭から母屋の庭に入った。

「すぐ、お茶を淹《い》れますから。お酒のほうがいいかしら」

「やることがまだ、いくつも残っているのでな。酒は今度にしてもらおうじゃねえか」

「わかりました。すぐにお茶を」

座蒲団《ざぶとん》を並べ終えて莨盆《タバコぼん》を置いた波乃は、そう言うと姿を消した。

柳原土手での夜鷹殺しは、臨時廻りの同心塚本が調べていると聞いている。船饅頭殺しと釆女原の夜鷹殺しが重なったので、ほかの同心や岡っ引たちも関わっていることだろう。だが役目柄、権六がそれに触れることはないはずだ。こういうときはあれこれ訊かずに、話し始めるのを静かに待つしかない。

権六の関心はその後の伝言箱への紙片や、将棋会所の客たちの遣り取りに、関連しそうなことがないかどうかのはずであった。紙片と言えば「知らないのはお前だけだ」だが、単なるからかいでなにかを示唆するものではない。次に起こす騒動の予告でもなかったので、信吾は敢えて権六に見せることはないと判断した。そうでなくても多忙な権六を、煩わせることはしたくなかったからだ。

話があるから来ただろうに、権六は切り出そうとしない。信吾は黙って待っている。

権六は無言のまま莨盆を引き寄せた。腰帯から莨入れと煙管《キセル》を引き抜いて火皿に刻みを詰め、灰を落とすと吸い付ける。ゆっくりと喫《す》い、かなりの時間が経《た》ってから、薄い煙を鼻穴から出した。

雁首《がんくび》を灰吹きに叩いたので、それが話すきっかけだと思ったが、そうではなかった。ふたたび火皿に刻みを詰めたのである。

信吾は莨を喫わない。

護身のために九歳から棒術と体術ともいわれる柔術を、名付け親の巌哲和尚に習い始めた。十五歳から剣術、十七歳からは鎖双棍も教わっているが、剣術を始めるときに和尚に言われていた。

「剣をやるからには莨を喫ってはならん。莨を喫えば、頭も体も冴え冴《さざ》えすると言う武芸者や学者がおる。だがそれはとんでもない思いちがいでな。頭や体のかなりの部分が鈍ってしまうため、一部が冴えて澄み切ったように感じるだけなのだ。その時点で、頭も体も釣りあいを失っておる。商人の信吾が真剣勝負をすることはなかろうが、万が一の場合は、喫煙が命取りになりかねない」

そう言われたことを信吾は胆《きも》に銘じている。

秋になったばかりなので、障子は開け放ってあった。それでも莨の煙が漂っていれば、わずかであろうが喫ってしまうはずだ。だからといって、権六のいる所で、煙を手で払うこともできないのである。

「お待たせしました」と、湯呑茶碗を二人のまえに置きながら波乃は笑った。「あら、変ですね」

「なにが、でえ」

「笑い声が聞こえないのはともかくとして、話がまるで弾んでないじゃありませんか」

「波乃さんがおらなんだからだ」

「でしたら、もう大丈夫ですよ。はい、波乃はここにいますからね」

まるで子供、それも幼い子に言い聞かせるような口調に、権六と信吾は顔を見あわせて苦笑するしかなかった。

「馬鹿なこと言っちゃいましたね。だって二人とも、すっかり沈んじゃっているのですもの。あたし久し振りに、親分さんの常陸国《ひたちのくに》は大洗《おおあらい》、とんだ大笑いを聞きたかったのですけど」

「そういえば、とんだ大笑いは、ここしばらく使ってねえなあ。まあ、むりもなかろう。さすがの権六親分も、すっかりまいってしもうてな。別嬪さんの顔を拝めば、いくらかよくなるだろうと思ってやって来たんだが」

「ごめんなさいね。お役に立てなくて」

「いや、見た目にはわからんかもしれんが、これでも随分と気は晴れたんだぜ。まあ、この顔じゃ、晴れても曇っているようにしか見えんだろうがな」

「いえ、すっかり明るくなりました」と、信吾は言った。「会所にお見えになったときと今では、まるで別人ですよ。これが波乃のせいだとすると、さすがわが女房だけのことはありますね。女房大明神さま」

両手をあわせて拝んだので、波乃は噴き出してしまった。

「波乃さんのお蔭で、やっと踏ん切りがついたぜ。まさに大明神さまだな」

権六は拝んだだけでなく、柏手《かしわで》さえ打ったのである。

「いやですよ、親分さんまで」

打ち終えるなり権六は真顔になった。

「信吾にはわかっておろうが、まるで捗《はかど》っちゃおらんのだ」

「三箇所ともですか」

「ああ、足並みをそろえるようにな」

「繰り返しになりますが、御公儀に喧嘩を売ろうって連中だから慎重が上にも慎重だと、親分さんはおっしゃいました」

「なんも残しちゃおらん。もっとも印籠とか紙入れなんぞを、忘れたり落としたりする連中じゃねえのは、わかっているがな」

「それらしき者を見た人もいないのですね」

「見事に足跡を残しちゃいねえ」

「しかし南北のお奉行所には、凄腕がそろっているそうですから。とくに三廻《さんまわ》りには」

三廻りは同心の中でも花形の定町《じょうまち》廻り、臨時廻り、隠密廻りの三者を指す。数ある同心の中でも体力や武芸の腕だけでなく、胆力、気力、記憶力が抜群の者でなければ、務まらないと言われていた。

「だがなにを考えているかわからず、しかも見えねえ相手には、いかに凄腕であろうと力の示しようがなかろうが」

「と言いながら、密《ひそ》かに動いていると思いますが」

「そう願いてえな」

そのとき穏やかな空気を引き裂くように、立て続けに猛烈な犬の吠え声が聞こえた。

「波の上、……だけじゃないかもしれない」と信吾は波乃に、続いて権六に言った。

「親分さん、少し待っていただけますか。番犬がなにかに気付いたようです」

と言ったときには、信吾は土間に降りて草履を突っ掛けていた。

屋外に飛び出した信吾の目に入ったのは、波の上の二倍はあろうかという黒犬であった。手前にいる波の上は体を弓なりに曲げて相手に向かっているが、その背中は総毛立っていた。波の上が吠えと唸《うな》りを繰り返しても、黒犬は鼻の頭に皺《しわ》を寄せ、牙を剝いたままだ。声を出さずに、四肢を踏ん張って波の上を睥睨《へいげい》している。

波の上は自分の縄張りだからというだけで、精一杯の虚勢を張っているのだ。両脚のあいだに尻尾を丸めこんでいるのを見れば、黒犬との力差を知って怯えているのがわかった。

生まれて二、三ヶ月でもらってきたので、波の上は一歳半と少しである。一年で成犬に育つと言われているが、一人前になったと言ってもまだまだ若僧ということだ。一方の黒犬は、見ただけで百戦錬磨の猛者だとわかるほど逞《たくま》しかった。

背後に来たのが信吾とわかったからだろう、波の上のけたたましさが一気に倍増した。わかったことは黒犬が盾となって、紙片を伝言箱に入れたであろう男を逃がしてしまったということだ。今さら騒いでも後の祭りであった。左右に目を遣ったが、それらしき人物のうしろ姿はない。

――ようし、でかした。波の上、もういいから静かにしろ。

声を掛けたが、波の上はますます猛《たけ》り狂って、さらに激しく吠え続ける。ところが黒犬は信じられぬという顔になり、驚きの目を信吾に向けた。

波の上を黙らせようとしたのだが、おなじ犬だから信吾の思いが黒犬にも伝わったのである。人が犬と話せると知ったら、驚かない犬はいないだろう。しかし黒犬は何度も首を傾《かし》げはしたものの、信吾に話し掛けようとはしなかった。

「お騒がせして、どうもすみません」と信吾は、遠捲きにしている近所の住人や、通行人たちに頭をさげた。「見慣れぬ犬が敷地に入って来たので、吠え掛かったのでしょう。片は付いたようなので、どうか気になさらないでください」

「やはり波の上でしたか。あまりにも吠え方が激しいので、なにごとかと思いましたよ」

会所から、甚兵衛たち常連客が出て来たところであった。

少し待つように言っておいたが、権六も姿を見せていた。こういうとき好奇心の塊のような岡っ引が、じっとしていられる訳がないのだ。波乃の姿もあった。真ん丸に見開いた目を、黒犬から逸《そ》らせないでいる。

近所の住人は権六が会所や母屋に出入りしていることを知っているが、通行人の中には権六の姿を認めて目を丸くしている者もいた。なぜマムシの渾名を持つ岡っ引がそこにいるのか、わからなかったからにちがいない。

——波の上、最初に言ったじゃないか。弱い犬ほどよく吠えるって。

その一言で波の上は、ようやく吠えるのを止《や》めた。

一応の事情がわかったからだろう、見物人たちは信吾と波乃、そして権六にお辞儀をして家に入り、あるいは去って行く。なにかと訊きたいことはあるはずだが、権六がいてはそうもいかないということだ。

甚兵衛たちも将棋会所へともどった。明日ゆっくりと聞かせてもらえばいいと思ったというより、権六に遠慮してのようだ。

——やっと静かになったか。おまえのあるじの顔を立ててここは引きさがってやるが、勝負したけりゃいつだって受けて立つぜ。

黒犬は役者が見得を切るようにそう言い残すと、ゆっくりと歩き去ろうとしたが、なぜか立ち止まった。

——弱い犬ほどよく吠えるってか、まさにそのとおりだから笑うしかねえ。波の上だったな。ガキのくせに、大層な名をもらいやがって。

捨《す》て台詞《ぜりふ》を残して、黒犬は悠然と立ち去ったのである。波の上は口惜しくてならなかっただろうが、一応、追っ払う形だけは取れたので、自分の顔が立ったこともあり、あとを追おうとはしない。

それにしても黒犬の貫禄《かんろく》に、信吾はほとほと感心するしかなかった。犬にもちゃんと格があるのだ。

紙片を入れるように言われた信三は、猛犬がいるのでとてもできないと断ったはずである。であればと、やつらは夜中から夜明けまえでなく、人通りのある午前中に紙片を入れさせた。

裏を掻かれた信吾は、信三が言うところの猛犬に見張らせているはずである。そのため今度の男は、万が一のことを考えて黒犬を連れて来たにちがいない。ところが信三は猛犬と言ったものの、波の上は見てくればかりの若僧にすぎなかった。

自分の縄張りでさえあの体《てい》たらくだったのだから、ほかの場所で黒犬と向きあえば、波の上は体が竦《すく》んでしまうことだろう。紙片を入れた男の匂いを、追わせることなどできる訳がなかった。

「信吾さん」

波乃に呼ばれてわれに返った信吾は、伝言箱の鍵を開けて紙片を取り出すと、読まずに権六に渡した。なぜか、思わずそうしてしまったのである。

権六は一瞥《いちべつ》しただけで懐に入れた。鼻先で笑うと母屋のほうへと歩きながら、独り言のように言った。

「そうかい、そうかい」

七

八畳の表座敷にもどると、すぐお茶を淹れ直しますからと波乃は言った。そして湯呑茶碗や急須を載せた盆を持って、お勝手に消えたのである。

なにが書いてありましたかと権六に話し掛ければ、自然に会話に入れたはずだ。そう切り出せなかったばかりに、信吾は黙っているしかなかった。むりもないだろう。チラリと目を遣っただけで紙片を懐に入れると、権六は鼻先で笑ったのだ。しかも母屋に向かいながら、「そうかい、そうかい」と言った。

一体なにが書かれていたのだろうと、思わずにいられないではないか。それにしてもなぜあのとき読まなかったのか、信吾は自分でもふしぎでならない。

胡坐《あぐら》をかいた権六は、腕を組むと顎を突き出して目を瞑《つむ》り、考えに耽《ふけ》り始めた。そのため信吾は、ますます話し掛けにくくなった。なぜだかわからないが、相談屋らしからぬ戸惑いに囚《とら》われてしまったのである。それにしても、なぜこれほどまでにちぐはぐになってしまったのだろう。

「おやまあ、またしても黙《だんま》りですか」

お盆を両手で持って現れた波乃は、呆れ果てたというふうに言った。

その声でようやく権六は目を開けた。

「おお、波乃さんを待っておったのだ。女房大明神のいねえ所で、亭主だけに見せるって訳にいかんからな。そんな畏れ多いことをしては、罰が当たっちまう」

そう言って懐から紙片を取り出すと、二人のほうに向けて置いた。

雌雄を決するときが来た

その一行に目が行った途端、信吾の頭の中で破れ鐘《わがね》のような濁った音が鳴り響いた。これまでのようなほのめかしではなく、直接挑んで来たからである。

となると権六がなぜ、「そうかい、そうかい」と鼻先で笑ったのかわからなくなった。予想どおりだったからなのか、それとも「よもや」との思いが、逆に苦い笑いを呼んだのか判断できない。

信吾は掠《かす》れた声で辛うじて言った。

「果たし状を叩き付けられた気がします」

信吾を横目で見た権六は、どこか皮肉っぽい笑いを浮かべた。

「だから言っただろうが、信吾が顔を強張らせることはねえって。おまえさんは、ただの取り次ぎ役にすぎんのだからな」

「そう決め付けて本当にいいのでしょうか。いつも伝言箱に入れられるので、気にせずにはいられませんよ」

気色ばむ信吾を受け流して、権六はさらりと言葉を並べた。

「お万《まん》に幾代《いくよ》、それからおサネだそうだ」

「女の人の名前のようですね」

わかり切ったことを口にした自分が、信吾はとんでもない間抜けに思えた。

「お万は柳原土手、幾代は永久橋、おサネは采女原馬場。もっとも本名じゃねえだろう。親に付けてもらった名で、そんな仕事をする女はいやしねえ」と、権六は薄く笑った。

「三人とも信吾の知りあい、いんや、馴染《なじ》みの女じゃねえかと思ったんだが」

権六の露骨な冗談に、波乃は顔を赤らめて俯いてしまった。

「いくらなんでも冗談がきつかないですか、親分さん」

ムキになった信吾に、権六はにやにや笑いを浮かべた。

「今の三人だが、だれ一人として知っちゃいねえだろう」

「もちろんですよ」

「馴染みにしていた女を順に殺しておいて、雌雄を決するときが来たとなると、信吾に真っ向から勝負を挑んできたことになる。そうじゃねえから、信吾はただの繋ぎ役ってことでしかねえのよ。やつらが喧嘩を吹っ掛けてきたのが町方ってことが、それだけでもわかるだろうが」

「しかし、雌雄を決すると言って来たのですからね」

「信吾にではなく、信吾を通じてこのおれ権六、そして町方にな」

「それにしても連中は、一体なにを考えているのでしょうか」

「なにを企んでおるのか、いつ、どのように仕掛けてくるのかは、おれにだって見当も付かねえ」

「ですが、なんとかしなくては」

「かと言うて、手の打ちようがねえからな。かくなる上は、黙って相手の出方を待つしかねえってことだよ」

「とおっしゃっても」

「これまでのように、伝言箱を使うのでしょうか」

そう訊いたのは波乃であった。

「わからねえなあ」

権六にそう言われては話が進む訳がない。しかしどう考えを巡らせても、解決に結び付きそうになかった。

信吾は思わず呻《うめ》き声《ごえ》を洩らしたが、その重苦しさを破ったのは波乃である。

「黒犬だわ」と言った目は、強い輝きを発していた。「あの犬は、飛び抜けておおきかったでしょう。あれだけの黒犬は、そういるものではありません。あたし、あんなにおおきな黒犬、いえ、犬は見たことがないですよ。もしかしたら、探し出せるのではないかしら。手当たり次第に、おおきくて黒い犬を知りませんかって、お江戸中を訊いて廻れば、きっと見付けられます」

転落したところに投げられた命綱のように感じられ、信吾は思わず摑んだ。

「いいところに目を付けたよ、波乃」と言ってから、信吾は権六に向き直った。「江戸中の目明しの親分さんと、その子分となるとけっこうな数でしょう。全員で虱潰《しらみつぶ》しに訊いて廻れば、いくら江戸が広いと言っても探し出せない訳がありません」

波乃も思いはおなじだったようだ。

「飼い主がわかりさえすれば、おおきな手懸かりですから、黒犬を連れていた人に繫げられるのではないでしょうか」

「そんなふうに事がうまく運ぶ訳がねえ」

頭ごなしの打ち消しだったので、二人は顔を見あわせた。

「あら、なぜでしょう」

「白犬、特に差し毛がない真っ白な犬は大事にされる。だから飼ってる人はいるだろう。反対に黒犬は嫌われ、特に商人は縁起が悪いので飼わねえ。さっきのあの黒いのは野良犬じゃねえ」

「首輪を付けていました」

信吾がそう言うと権六はうなずいた。

「ちゃんと見ていたところは、さすが相談屋のあるじだ」

「野良でないとすると、飼い主はお武家ということですか」

「おそらくな。商家で飼っているとは思えんのだ。お武家はまず、強いか弱いかで見るから、強ければ白黒に関係なく飼うだろう。それにあれだけおおきいと、知りあいに自慢できるからな」

「自慢ですって」

「得意になって、角力《すもう》を連れ歩くお大名もいるほどだ。だがあれを飼えるとなるとやはりお大名かご大身のお旗本で、貧乏旗本や御家人には、あそこまでおおきなのは飼えねえよ。残飯に味噌汁《みそしる》をぶっ掛けただけじゃ、あれだけの体を保つことができるはずがない。となりゃ獣《けもの》や鳥の肉に臓物、魚なんかをたっぷり、それも毎日与えなきゃならんからな。狆《ちん》ころじゃねえから、半端な量じゃねえ。自分や家族が喰うのが精一杯では、餌代を工面できねえよ。てことはおおきな屋敷の塀の内で飼われているので、外の者にはまず見ることができんということだ。今度のことのためだけにその黒犬を連れ出したとしたら、どのお屋敷の犬か突き止めようがねえ」

権六が三人の女を殺《あや》めたのは武士だと思っていることが、ますます濃厚になった。いや斬り口を一目見れば、検使にはわかるはずだ。とすれば、町方の多くがそう見ているということである。

野良犬は当然として飼い犬も、首輪を付けたり紐《ひも》や綱で繋いだりはせず放し飼いにしている。咬み付き癖があったり獰猛《どうもう》な場合のみ、首輪や紐で制御した。その意味でも、まず武家の飼い犬と思ってまちがいないだろう。

「目明しと手下が虱潰しにと言ったな」

「はい、そうすればかならず」

「お奉行が命令しなければ全員を動かすことなどできねえが、お奉行が命じる訳がねえ」

「なぜですか」

「だれもが日々、朝から晩まで仕事に追われてるんだぜ。たった一匹の犬のために、掛かり切りになれねえことくらい、わかりそうなもんじゃねえか」

権六に順序立てて話された信吾にすれば、それもそうだと思うしかなかった。ところが波乃は、簡単に諦めはしなかったのである。

「でもさっき、あの黒犬を見た人はたくさんいました。しかも昼間ですからね。どっちへ行ったかを根気よく訊いて、それを繋げてゆけば突き止められるのではないですか。たとえ数人であっても、根気よく続ければ」

しかし権六は首を振った。

「突き止めたとしても、お大名や直参のお旗本となると、町方は手が出せねえからな」

「だって人を殺しているのですよ、それも三人も」

「としても、ちゃんとした証拠がなきゃ罪にはできねえのだよ。ところが証拠どころか、こっちはまだ下手人の目星すら付いちゃいねえ。二人の気持はわからぬでもねえがな」

「ちゃんとした証拠がなければとのことですが、証拠があれば罪にできるのですか」

「できることもある。ということは、できねえこともあるってことだ」

信吾と波乃が顔を見あわせるのを見て、権六は苦笑した。

「お侍は身分がちがうんだから、仕方がねえのよ」

罪を犯しても、五百石以上の旗本は牢《ろう》に入れられることはなく、大名家や親類の旗本に預けられる。

大名家預けは取り潰すまではないということで、本人を隠居させて子か縁者に家を継がせる。そのかわり大幅に石高は減らされ、家名は残せても出世とは無縁となることを意味した。また親類に預ける場合は、武士として恥ずべき行為をしたことを理由に、親類が説得して切腹させるという含みもあった。

入牢《じゆろう》の場合も、武士は町人らとおなじ大牢に入れられることはない。五百石以下の旗本は揚座敷《あがりざしき》、大名や旗本の家臣、それに御家人は揚屋《あがりや》に入れられるが、ともに畳敷きである。

また町人たちのように、水浅黄《みずあさぎ》の仕着せを着せられることもなかった。奉行所に呼び出されても、白洲《しらす》の砂利の上でなく縁側に席を与えられた。

拷問の責めもない。というより武士たるものが拷問にかけられるほどの恥辱はないので、「白状せねば、拷問にかけるぞ」と言えば、大抵は畏れ入って白状するとのことだ。おなじ罪を犯しても、そこまで扱いがちがうのはあまりにも理不尽だが、それが制度や仕来りということなのだろう。

「罪のねえ、それも立場の弱い女の中でも、これほど弱い者はいねえというくらい弱い女を、路傍《みちばた》の草を薙《な》ぎ払うように斬り捨てたんだからな。なにがあっても許す訳にいかねえが、それだけにもどかしい」

呻くような声に驚いて見ると、権六は焦点の定まらぬ目を、庭のほぼ中央に立つ梅の古木に向けていた。

「もどかしくてならないでしょうね、なんの手懸かりも残していないのですから」

信吾がそう言うと、権六は驚いたような表情になって信吾を見た。あれこれ思いを巡らせていて、それが無意識のうちに声となって洩れ出てしまったようだ。

「それも厄介だが」

言《い》い淀《よど》んでから権六は続けた。どうやら信吾たちに話すべきか、とすればどこまで話すべきかを迷っていたらしい。やがて心は決まったようである。

「どうにも足並みがそろわなくてな。内輪のことを話すべきじゃねえだろうが、二人にはそう言う訳にもいかんだろう」

そのように前置きして権六が話したのは、思ってもいなかった内部事情であった。それによると御番所、つまり町奉行所は一枚岩ではないらしい。罪を犯した者を捕らえるという一番重要で基本的なことに関してさえ、足並みがそろっていないと言われ信吾たちは驚かされた。今回の夜鷹と船饅頭殺しで、それが顕著に表れた。

町奉行所は町奉行の下に与力、その下に同心がいるが、同心に使われているのが権六のような岡っ引とその手下である。

与力は享保年間（一七一六〜三六）に南北それぞれ二十五騎と決められたが、幕末には各二十三騎となっていた。その下で働く同心は享保四（一七一九）年に南北各百人ずつと決まったが、幕末には各百四十人計二百八十人に増えている。

権六によるとお役人の中には、金で身を売るような女を人とは認めていない者がいるそうだ。中でも夜鷹や船饅頭となると、犬猫同等、いやそれ以下にしか見ていないらしい。それも役が上に行くに従い、冷ややかな人物が多いとのことであった。

町人たちの不安を除くためには、一刻も早く捕縛しなければならないのだが、熱心なのは同心の一部と権六たち岡っ引くらいで、与力には数えるほどしかいないらしい。町奉行所はなにをやっているんだとの声があがるとまずいので、そこそこは動かねばなるまい程度にしか考えていない者が多いとのことだ。

先日、権六が手下を連れて将棋会所に来たとき、信吾は上からの声掛かりがあったと思った。何者とも知れぬ賊に徹底的に愚弄されては、面子《メンツ》が丸潰れである。

ならばと町奉行所が総力をあげて、取り組むことになったにちがいないと信吾は確信した。それが足並みがそろわないどころではないのである。内部においてそこまでちぐはぐというか、取り組み方の熱意に濃淡があるとは思いもしなかった。

相談屋の信吾たちが絶対に他言しないとわかっているとしても、権六はよくもそこまで話してくれたものだ。

「親分さんも、とてものこと人には話せませんね」

「そういうこった。なんかあればお奉行さまが、町奉行所や同心の旦那が力になってくれるという町の連中の期待が、足もとから崩れっちまうからな」

「もしかするとそれは、下手人がお武家だと見ているから、ということもあるのではないでしょうかね」

信吾は思い切って言ってみた。権六は薄い笑いを浮かべた。

「どうだかな。そんなことはあるまいが」

口では否定したが、それが本心かどうかまではわからない。

そんなことはあるまいと言ったのも、下手人が武士ではないという意味なのか、町方の多くが下手人を武士と見ていることなのか、どちらとも取れる曖昧な言い方である。

「てことだから、わしらはそやつらを、なんとしてもひっ捕らえねばならねえのだよ」

「ですが町方では、お武家に縄は掛けられないのでしょう」

信吾は喰いさがった。

「ご大身のお旗本の、ご当主とか跡取りとなるとまずむりだな。上のほうから声が掛かって、有耶無耶《うやむや》になってしまうことが多い」

「でしたらせっかく捕らえても、特にそれがお武家だと」

「もっとも、罪を犯したのだからそのままではすまねえ。取り潰しは免れても、大幅に石高はさげられる」

「ご当主とか跡取りは、とおっしゃいましたが」

信吾がなおも粘ると権六はうなずいた。

「隠居、そして次男や三男以下は、ほとんど武士の扱いを受けておらんので、縄を掛けることができなくはない。浪人無宿とか、罪を犯して士分の扱いを受けなくなった武士もお縄にできる」

波乃が首を傾げた。

「わからなくて当然だな。殺人とか放火、つまり人殺しや付け火なぞを犯した者のことだ。関所破り、抜け荷、贋金造《にせがね》りと贋金遣いなど、人としてやっちゃいかんことは、ほかにもいろいろある。それを犯したやつらは士分、と言うのは武士のことだが、士分の扱いを受けねえので、縛ることができるのだよ」

「いろいろと、ややこしいですね」

「ああ、こまごまと決められていてな、僧侶に神官、つまり坊さんに神主や巫女《みこ》さん、それに虚無僧なんかは寺社奉行の扱いなので、町方で勝手に縛ることはできねえ」

「まず、相手が仕掛けるのを待って、縄を掛けられる相手かどうかを見極めなければならないのですか」

「そやつが縄を掛けられる相手であることを、願うしかねえってことだな」

どういう事情であれ役目を果たさなければならないのだから、岡っ引も因果な稼業である。権六が両手で両膝を音高く叩いたのは、そろそろ引き揚げるとの意味であった。

八

「とんでもないことになったやもしれん」

波乃の出した湯吞茶碗を摑んで酒を一気に吞み干した俵元之進は、赭ら顔をさらに赤くして言った。まさか坂下の身になにかがと思ったが、信吾はすぐに打ち消した。であれば襲われたとか大怪我をしたなどと、具体的なことに触れるはずで、「やもしれん」と言う訳がない。

信吾が驚いたのは俵だけでなく前原浩吉までもが、湯呑茶碗の酒を一息で呑み切ったのである。となると「とんでもないこと」とはやはり、と緊張せざるを得ない。

前原が泥酔して醜態を曝したのを見ているだけに、信吾はその呑みっぷりを心配せずにはいられなかった。波乃もおなじ思いらしく、前原の茶碗に酒を注ぐのにためらいを見せていたが、間を置いてからそっと注いだ。

前原は茶碗を手にせずにつぶやいた。

「決め付けちゃいかんが」

「考えれば考えるほど、そうとしか思えんからな。おれだって、いくらなんでもそれはないと思いたいのだが」

俵がそう言うと、前原は唇を突き出すようにして言った。

「思いたいのはおれだっておなじだ。だがあれこれ突きあわせると、たいへんなことをやってしまったとしか考えられんではないか」

信吾は俵と前原が考えていることに思い当たったが、二人が口にできないのとおなじ理由で、明らかにすることはできなかった。もっとも思った瞬間に、そんなはずはない、あってはならないと打ち消していた。だが前原が「たいへんなことをやってしまった」と言ったからには、それで決まりだと言ってもいいだろう。

早急に結論を出すべきではないが、そのためには少しでも多くを知らねばならない。

「ちょっとお待ちくださいよ。たいへんなことをやってしまったとか、そうとしか思えんとか、それはないとか、あれこれ突きあわせると、とかおっしゃっても、てまえどもには訳がわかりません」

信吾がそう言うと波乃も同調した。

「とんでもない、たいへんなことになったのはわかりました。ですが、なにがとんでもなくてたいへんなのでしょうか」

問われて俵と前原は顔を見あわせた。自分たちはわかっていても、信吾と波乃には事情がわからないことに気付いたようだ。俵と前原に関しては以前にもおなじようなことがあった。かれらは自分たちだけでなく、相手もわかっているとの前提で話を進めることが往々にしてある。その点を二人に指摘する人は周りにいないのだろうかと、それがふしぎでならない。

前原が目を泳がせたのは、考えを纏《まと》めていたからのようだ。

「夜鷹や船饅頭と呼ばれる売女《ばいた》が、立て続けに殺されたのは知っておろうな」

息が詰まる思いがしたのは、話が不意にそこに飛ぶとは思ってもいなかったからだ。

ともかく慎重に答えるしかない。

「もちろんです。瓦版で騒がれ、将棋会所でも話題になりましたから」

「あれに」

まさか坂下が関わっていると言いはしないだろうが、と信吾としては気が気でなかった。

「よさんか、前原」

俵が鋭く遮ったので、信吾はますますその思いを強くした。これで信吾だけでなく俵も前原も、三人の売女を殺害したのが坂下だと思っていることがわかった。だがたしかなことが判明しないかぎり、思っているだけで口に出すべきではない。

「それに順を追わねば、信吾と波乃どのには訳がわからぬ」

「このまえおっしゃっていた、讒言がらみのことではないでしょうか」

信吾がそう言うと俵は目を剝いた。

「なぜにそう思う」

あまり真剣な顔で訊いたので、信吾は苦笑せずにいられなかった。

「失礼しました。先日お帰りの折、坂下さまのことでなにかわかれば報せてくださるとおっしゃったでしょう。坂下さまの破談が、よからぬ輩の讒言によるらしいとのことでしたので。となると、てまえにはそのこととしか思えません」

「さすが相談屋と言いたいところだが、俵は舌足らずすぎるぞ。順を追わねばと自分で言ったばかりではないか」

前原に遣りこめられた俵は気まずそうな顔になった。

「坂下はその讒言の出所に、見当が付いたらしいのだが」

「なんですって。すると坂下さまの将来を打《ぶ》ち壊《こわ》した張本人が、ようやくわかったのですね」

だったら早く言ってくれなくてはと声に出しそうになったが、信吾の早とちりだったようだ。俵は首を振った。

「であれば坂下としても打つ手があるが、奉行所関係の者とまではわかったものの特定できなんだらしい」

奉行所と言われ、信吾は権六が町奉行所は一枚岩ではないと言っていたことに、関係があるのではないかと思った。しかし複雑な事情もあるらしいので、人物を特定できぬとなれば慎重にならざるを得ない。

「奉行所と申されますと町奉行所ですね。北町、南町のどちらでしょう」

信吾は俵と前原の顔を交互に見た。

「わからん」

ぶっきらぼうに答えたのは俵だが、前原も同意するようにうなずいた。

「出所が町奉行所とまで判明しながら、言った人どころか、南か北かさえもわからないのですか」

信吾がいつになく詰問調になったので、俵は不機嫌な顔で弁明した。

「わしも詳しい事情は知らんのだ。奉行所の内部のことはようわからんが、うっかり洩らしでもしようものなら、とんでもない目に遭うのかもしれんな。ゆえに奉行所内の声ということのみ明らかにして、本人に辿《たど》り着けぬよう幾重にも網を張り巡らせているのだろう。町奉行所は世間とは懸け離れた、独特の世界であるらしい。坂下はなんとか奉行所の人間らしいと突き止めたが、それが限界だったようだ。張本人がわかれば、人生を打ち壊されたのだから、坂下にすればなんとしても恨みを晴らさずにおかぬだろう」

「そうしますと坂下さまは、張本人の特定に奔走されているのですね」

「いや」

「なぜでしょう」

「むりだとわかって諦めたようだ」

「諦められるものでしょうか、自分の人生を滅茶苦茶《めちゃくちゃ》にされながら」

そう訊いた波乃は、もどかしくてならないとの顔を隠そうともしなかった。信吾が言ったならともかく、女の波乃に感情的になられて、持て余し気味に前原が言った。

「だが、相手を見付けられぬのだから、手の施しようがなかろう」

「あたしなら、ほかの手を探しますけど」

前原に代わって俵が言った。

「坂下もおなじ思いのようだが、それについては口を緘《かん》しておるので、推し量ろうにもどうにもならん。それにほかの手とは、例えばどのような」

波乃にその案があるとは思えないので、信吾は疑問を質《ただ》すほうが先だと考えた。

「奉行所の人間だとまでわかりながら、なぜだれだとわからないのでしょう」

信吾の頭には権六の言葉が鮮やかに蘇《よみがえ》った。その男は信吾でもなければ権六でもない、背後に控えている町奉行所そのものに、喧嘩を吹っ掛けたのだと明言したのである。

その男とは今では坂下としか考えられない。

張本人が所属しているのが町奉行所とわかりながら、その人物には手が届かないという八方塞がり状態になったのだ。となると坂下は権六の言った手段を採るしかあるまい。

信吾は露骨にならぬよう、しかしはっきりと、もうひと押ししなければと思った。

「だとしたら坂下さまは、その人物が所属している根底を覆そうとなさると思います」

「根底を覆すだと」

「南か北か知りませんが、そんなことにはなんの関係もありません。町奉行所そのものを、揺さぶろうとなさるのではないですか」

「なにが言いたいのだ、信吾は」

前原は訳がわからぬという顔をしたが、そんなはずはない。俵は信吾が自分とおなじ考えだと解したようで、前原のように惚《とぼ》けることなく正直に話した。

「つまり、せめてそやつのいる場所、つまり南北に関係なく町奉行所そのものに揺さぶりを掛けたい。讒言したやつを不安に陥れ、あわよくば燻《いぶ》り出そうということだな」

「だと思います。坂下さんの気持を、忖度《そんたく》しすぎかもしれませんが」

前原が信吾を改めて見直した。そこに至って初めて、信吾が自分とおなじ考えだということに気付いたからだろう。相談屋として多くの人と渡りあってきた信吾は、自分とほとんど齢《とし》のちがわぬこの若侍に呆れざるを得なかった。立場や事情で言えないことがあるのだから、その裏を察しないと話は進まないのである。

三人の思いがおなじなら一気に核心に迫ってもよさそうだが、なぜかそうはならなかった。やはりだれもが自分が言い出しっ屁《ぺ》になるのを、ためらわずにはいられないからだ。

「えへん」と空咳《からぜき》をしてから、俵が信吾に訊いた。「町奉行所の同心に知りあいがおると、信吾は申したな」

「はい」

以前、夜も更けた四ツをすぎて、大川端《おおかわばた》で坂下と俵、そして前原に襲われたときのことであった。信吾は宮戸屋を出たときから、いや黒船町の借家を出てからずっと、跟けられていたのを知っていたと言って三人を驚かせたことがある。

なぜわかったのかと訊かれ、親しくしている町奉行所の同心に、尾行の仕方やその見抜き方を教えられたと答えた。知っている同心はいても挨拶を交わすくらいで、実際は権六に教わったのである。しかし岡っ引より同心と言ったほうが、遥かに効果がおおきいと思ったからだ。

俵はそれを憶えていたらしい。

「そやつに、それとなく訊いてもらうことはできぬか」

「坂下さまを讒言した人物や、それに関連したことをでしょうか」

「難しかろうな」

「坂下さまご本人が手を尽くしてわからなかったわけですし、先ほど俵さまは、町奉行所は世間とは懸け離れた、独特の世界だとおっしゃったばかりではありませんか。将棋会所の席亭で相談屋のあるじであるてまえなどに、明かしてくれる道理がありません」

「それもそうだな」

俵は肩を落として溜息《ためいき》を吐いた。

なんとなく中途半端になってしまったが、結局、俵と前原、そして信吾のだれもが、本心を切り出せなかった。そのため二人が、わかっていることを信吾と波乃に伝えた時点で切りあげることになったのである。

なにか進展があるか、わかったことがあれば連絡しあおう、ということでかれらは帰って行った。

俵と前原が来てほどなく信吾は、二人がなにかを伝えようとしながら、なぜ曖昧にせざるを得なかったかを理解した。俵と前原が言ったことと、話題が唐突に夜鷹や船饅頭に及んだことで、信吾は確信したのである。

俵はやって来るなり、「とんでもないことになったやもしれん」と言った。そして前原も、「たいへんなことをやってしまったとしか考えられん」と語ったのだ。

坂下は自分のことを告げ口した男が町奉行所にいることを突き止めながら、どうしても特定することができなかった。岡っ引きの権六は伝言箱に入れられた三枚目の「ヨタカハアサガタカタガツク」が、柳原土手での夜鷹殺害の予告だったとわかったとき、夜鷹殺しのねらいは信吾や権六でなく、町方、つまり町奉行所そのものだと断言した。

紙片が伝言箱に入れられるのを不安がっていた信吾を、安心させるためにそう言ったのだろうと思っていたが、今考えればぴたりと辻褄があう。

坂下は伝言箱が将棋会所と母屋にあることを知っている。知りあって間もなくのころ信吾は、三歳での大病から奇跡的に快復したのは、自分にはやるべきことがあるから神か仏が生かしてくれたと思ったことを、訊かれるままに語った。

世の悩みや迷いを持っている人たちのそれらを解消したいと、「よろず相談屋」を開設し、波乃といっしょになってから「めおと相談屋」と改めたこと。相談屋だけではやっていけないので、将棋会所を併設したこと。相談客は人に知られるのを極端に嫌がるので、夜中や朝方に連絡ができるよう、伝言箱を会所と母屋に設置したことも話している。

であれば伝言箱に入れられる紙片の文字は坂下のもののはずだが、実際は別人のものであった。それも説明できなくはない。坂下たちと信吾は一、二ヶ月に一度しか会えないこともあった。そのため書簡で連絡しあっていたのである。信吾が坂下の筆跡を知っているので、別人に書かせたのだろう。

だとしても紙片には坂下の匂いが付いているので、波の上が嗅げばわかるはずだ。仔《こ》犬《いぬ》だった波の上をもらったのは信吾と波乃が隣家に移ってからだが、坂下たちは将棋会所に寄らずに直接母屋に来る。生垣の向こうにいる波の上が坂下の匂いを嗅いだとしても、その他大勢としてなので、特に記憶に残ってはいないだろう。

伝言箱に紙片を入れると、信吾を通じて町方に渡ることを坂下は知っている。親しげに信吾に声を掛けながら権六が柴折戸を押して、会所側から母屋の庭に入って来たことがあった。坂下たちがいたので権六はあわてて引き返したが、岡っ引は裏白の紺足袋に白い鼻緒の雪駄を履いている。足袋の裏白まではわからなくても、白い鼻緒でわかったはずだ。

同心との関わりについてはつい先刻、俵と前原が信吾にたしかめたことでもある。

信吾には健全そのものの坂下が、町奉行所を根底から揺さぶるために、夜鷹や船饅頭を短期間で三人も斬り殺すなどとは考えられない。だが信吾の知っているかつての坂下泉三郎とは、まったくの別人に成り果てているかもしれないのだ。

大身旗本の娘に見初められての婿入りという、考えられないほどの幸運を射止めながら反故《ほご》にされたのである。それが讒言のせいだとわかり、町奉行所の人間とまで突き止めながら特定できなかった無念。それを晴らすために、町奉行所そのものに喧嘩を吹っ掛けたのだ。

極楽から地獄に落とされたに等しい坂下が、自暴自棄になればどうしてそうしないと言い切れるだろう。

信吾は改めて、これまで伝言箱に入れられた紙片を思い起こした。

最初の二枚の「知らぬがホトケ」と「イワシの頭も信心から」は、ようす見だったとしか考えられない。相談客からではない伝言に、信吾がどう反応するかを窺《うかが》っていたのだろう。顔を知られている本人が投函《とうかん》できる訳がないので、だれかを使ってのことにちがいない。

信吾の反応次第で、町方への伝わり方も判断できようということだ。

信吾が狼狽《うろた》えたり騒いだりしなかったので、それではと三枚目の「ヨタカハアサガタカタガツク」を入れた。数日後に柳原土手で夜鷹を斬り殺して、紙片が予言であったことを知らしめたのである。以後も紙片を入れるだろうからと、信吾は番犬「波の上」に見張らせることにした。

三枚目までは将棋会所の伝言箱に入れたが、四枚目は母屋側に入れた。会所側に入れると思いこんでいたからか、波の上は気付かなかった。「美晴と金太がくっついた」は子供の遊び唄の囃子詞で、美晴と金太、あるいはどちらかの殺害予告かと思ったが、特になにも起きていない。

衝撃だったのは続く二枚で、おなじ日に五枚目の「マンジュウを喰ってみるか」が母屋、六枚目「采女原にも風情あり」が会所の伝言箱に入れられていた。波の上に嗅がせると、紙片を入れたのはこれまでとは別人であった。

数日後、永久橋近くで船饅頭が殺された。となると次は采女原馬場での夜鷹殺しとなる。権六たち町方が張りこんで警戒していたが、馬場の西側での喧嘩騒動に気を取られている隙に、反対の東側で夜鷹が斬り殺された。六月二十二日の夜四ツすぎとのことで、信吾は二十四日に出た瓦版で知ったのだ。

翌二十五日早朝に波の上が吠えたので、信吾は母屋の伝言箱に紙片を入れようとした信三を捕らえた。持っていたのは、町方を徹底的に愚弄した七枚目の「骨折り損のくたびれ儲け」であった。

七月一日、昼に会所の伝言箱を開けると八枚目の「知らないのはお前だけさ」が入れられていた。猛犬がいると信三が言ったらしく、それで逆を衝いて昼間入れたらしい。だが、なんの予告かはわからない。

八日に権六が来たが、話していると突然波の上が吠えた。相手は巨大な黒犬を連れて来たのだ。母屋の伝言箱に入れられていた九枚目は、「雌雄を決するときが来た」であった。

断定はできないが、坂下が三人を殺害した可能性は濃厚である。となると、なにを考えているかわからないが、「雌雄を決するときが来た」をなんとしても阻止しなければならない。

だが確たる証拠がないのに、俵や前原に頼めないし、ましてや本人に会って止めるように言える訳がないのだ。「おまえが罪もない夜鷹や船饅頭を殺したのだろう」と、糾弾するに等しいからである。万が一ちがっていた場合、取り返しのつかぬことになってしまう。

おなじ意味で波乃に打ち明ける訳にもいかないので、信吾は悶々とした日々をすごさねばならなくなった。

九

「お二方にお訊きしますが、坂下さま、あるいは坂下家では犬をお飼いでしょうか」

信吾がそう言うと、俵と前原は思わずというふうに顔を見あわせた。なぜなら二人を呼び付けた信吾が、挨拶を終えるなり思いもよらなかった問いを発したからである。

話したきことがあるのでなるべく早くお会いしたい。黒船町の借家に来ていただくか、日時と場所を指定していただけたらすぐに伺います、との書簡を信吾は飛脚に頼んだ。であればと、夕刻七ツに二人はやって来た。

来るなりそんなことを訊かれたら、だれであろうと戸惑って当然である。しかも信吾がいつになく意気込んでいるので、二人は気圧《けお》されたのか返辞をせずにただうなずいた。

「黒犬ではないですか。黒いだけでなく、驚くほどおおきいでしょう」

「ああ、黒犬を飼っておるが」

そう言った俵の声はかなり上擦っていた。それまで話題になったことのない黒犬について、信吾が突然のように訊いたことで、その理由に思い当たったのかもしれない。

「泉三郎の父親の知りあいが長崎奉行所に出向いた折、出島の阿蘭陀《オランダ》商人にむりに頼んで仔犬を頒《わ》けてもらったそうだ。漆黒の体毛をした犬はわが邦《くに》にはおらぬが、そればかりか子牛のごとく巨大なのが自慢でな。頭から尻尾までが三尺八寸（一一五センチメートル強）、高さが二尺三寸（七〇センチメートル弱）、重さが十一貫（四一・二五キログラム）というから、普通の犬の優に倍はある。毎年種付けを頼まれて、発情《さかり》がついた雌が何匹も持ちこまれるそうだ」

あの黒犬だと信吾は確信した。これで夜鷹たちを殺害したのが、坂下だと断定していいということだ。それをたしかめたくて、信吾は俵と前原に黒犬のことを訊いたのである。

「どうしたというのだ、一体。信吾らしくないぞ」と軽い言い方をしたつもりだろうが、前原の顔は強張っていた。「会うなり犬の話なんぞを始めおって」

笑みを浮かべようとしたがうまくゆかず、前原の顔は凍り付いたようになった。俵もそうだが、信吾がなぜその問いを発したかを薄々わかっているからだ。

思ったとおり二人は、信吾とおなじことを考えていたのである。信吾がそうであったように、口に出せないでいただけだったのだ。

「町奉行所では、例の夜鷹や船饅頭を斬り殺した下手人の目星を付けたらしいです」

「まことか」

俵に言われ、信吾は静かにうなずいた。

「当人かその知りあいに、巨大な黒犬を飼っている者がいると突き止めたそうでしてね」

「なんと」

前原は目を剝いた。

「それで万が一、坂下さまが黒犬を飼っておられたら、難しいことになるのではと思いまして、取り急ぎお二方に」

「それはいいとして、常人なら知りようのないことを、なぜに信吾は知ったのだ」

「厭《いや》でございますよ、俵さま。このまえお会いしたとき、てまえの存じている町奉行所の同心の旦那に、坂下さまを譏言した人物や、それに関連したことを訊いてもらいたいとおっしゃったじゃありませんか」

「ああ、そう申したが」

「俵さまに訊かれたことはわかりませんでしたが、せめてなにかは訊き出さなければと」

「わかった。おおいに助かる。で、信吾はわしらにどうしろと」

「てまえは坂下さまでないと念じて、いえ、信じておりますが、町方は次の凶行はなんとしても阻止せねばと、わずかな予兆も見逃さぬよう手ぐすね引いて待ちうけているそうなので、そのことを伝えてほしいのです」

これも冷静に考えれば、手を下したのが坂下だと言っているのがわかるはずだが、ほかのことに気を取られたのか二人は気付かなかったようだ。

波の上が巨大な黒犬に吠え掛かったことは強烈であったが、それは坂下か親しい人物が黒犬を飼っていることを意味した。実は前回二人が母屋に来たとき、信吾は坂下家が黒犬を飼っているかを訊こうかどうしようか迷ったのである。俵と前原の遣り取りから、信吾だけでなく二人も夜鷹や船饅頭を殺したのが坂下ではないかと疑っているのがわかったからだ。

しかし、なぜ訊くのだと言われたら答えようがない。証拠がないどころか、具体的なことがほとんどわかっていない状態であった。それなのに親友を人殺し扱いされたら、二人も黙っていられないはずである。

だが事態は、そのようにのんびりしていられる状態ではなくなっていた。

二日まえ、来客ありの鈴で母屋にもどると、相好を崩した権六が待っていた。

マムシが渾名で鬼瓦の別名を持つ岡っ引が、満面に笑みを湛《たた》えていたのだ。信吾は慣れてなんともなくなったが、初めての者なら権六の笑顔は真顔以上に不気味で、怖くて震えあがらずにはいられないはずである。

「あたし親分さんに拝まれただけじゃなく、柏手まで打たれて驚いてしまいました」

波乃がお道化《どけ》たように言った。

「信吾んとこの、女房大明神さまだからな」

「ですが、柏手を打つとなるとよほどの」

「大手柄ってことだ。波乃大明神のお蔭で、黒犬の飼い主の屋敷を突き止めたのだから、お社《やしろ》を建てねばなるめえ」

波の上が黒犬に吠え掛かったとき、そのあとで波乃がこう言った。黒犬を見た人はたくさんいたし、昼間だったので、どっちへ行ったかを根気よく訊いて廻れば、飼い主に辿り着けるはずだ、と。

権六は突き止めたとしても、直参の旗本となると町方は手が出せないと取りあわなかった。だがなにかを感じたのだろう、すぐに手下を手配したらしい。そして根気よく目撃者を探して訊き出し、ついに屋敷を突き止めることができたのだ。下手人の特定は容易でないだろうが、その範囲は一気に絞られたのである。

「すると、親分さんのおっしゃっていたような、ご大身のお旗本でしたか」

「詳しいことは知らんが、三千石以上の旗本寄合席と二千石以上で守名乗《かみなの》りができるお旗本を、ご大身と呼ぶらしい。千八百石の坂下家は相当上位ではあるが、ご大身には少し届かぬな」

坂下家と聞いて心の臓の鼓動が一気に倍になり、顔色が変わったかもしれなかった。

権六は当主の名と役職、後継ぎ、つまり泉三郎の兄の名などを言ったが、信吾は上の空でまるで頭に入っていない。

「どうやら三男の泉三郎と言うのが、下手人ではないかとのことのようだ」

「以前おっしゃっていましたが、次男坊以下ですと召し捕れるのですね」

吾が、町奉行所が下手人を突き止めたが、それを坂下泉三郎と見ていることをほのめかした。

「お待ちください、お二方」

あわただしく帰ろうとする俵と前原に、信吾は声を掛けると湯吞を示した。二人が来るなり波乃はいつものように湯吞茶碗を酒で満たしたが、それどころではなかったからだろう、俵も前原も口を付けていなかった。

「坂下さまにお伝えいただくという、たいへんな役目が待ち受けています。それを呷《あお》り、勢いを付けてからになさってはいかがですか」

顔を見あわせた二人はうなずきあうと同時に、茶碗を手にして一息に吞み、手の甲で口を拭うと部屋を出た。

「坂下さまに、くれぐれも無茶をなさらぬようお伝え願います」

「心得た」

うなずくと二人は大股であわただしく帰って行った。武士は町中で駆けてはならないことになっている。何事が出来《しゅったい》したかと、町人に不安を与えずにおかないからだ。

八畳の表座敷にもどると、信吾と波乃は無言のまま静かに坐った。俵と前原は酒を呷ってから出て行ったが、信吾と波乃の茶碗は酒が注がれたままである。

信吾は手に取ると、黙って一口含んで茶碗を下に置いた。波乃もおなじようにしたが、含んだ酒はほんのわずかであった。

なんの罪もない夜鷹や船饅頭を三人も殺害したとなると、坂下泉三郎は断じて許されるべきではない。ただ、待ち受けている役人たちに突棒《つくぼう》、刺叉《さすまた》、袖搦《そでがら》みなどによって取り押さえられ、縄に掛けられるのは忍びなかった。なんとしてもそれだけは避けてもらいたいがために、俵と前原に「飛んで火にいる夏の虫」とならぬようにと言葉を託したのである。

どうやらそれだけは免れそうだ。

信吾が思いちがいをしていた原因は、紙片が伝言箱に入れられたことにある。入れたのが一人でなかったとわかり、町方に喧嘩を吹っ掛けてきたとの権六の考えもあったからだろう。賊は相当数の一味、少なくとも五、六人は下らぬと信吾は見ていたのだ。信吾だけでなく権六や町方のだれもが、おなじように考えていた。ところが紙片の投入や采女原馬場での喧嘩騒動に人を使いはしたものの、それ以外は坂下一人でやっていたようだ。だから権六の言った二歩を指す訳がなく、襤褸を出さずにすんだ。

そのころは信吾がまだ、坂下が破談になったことを知らなかったこともある。婿入りを断られたのは何者かの讒言だとわかったが、河津家が疑いもしなかったのは、よほど巧みに事を運んだにちがいない。

それがなんの根拠もない讒言だったと証明できないかぎり、坂下に他家からの婿取り話が来る訳がない。夢が破れて一生を部屋住み厄介ですごすしかなくなった坂下が、自暴自棄になるのもやむを得ないだろう。

坂下は果敢にもたった一人で町奉行所、つまり御公儀に喧嘩を吹っ掛けたのだ。なぜなら坂下個人の問題だからである。

友人は多いらしいが、俵と前原とは特に親しかったようだ。だがその二人を捲きこんではいない。伝言箱への紙片投入も、すべて信三のように手間賃を与えてやらせたのだろう。

あることないことを河津家に告げ口して破談に至らしめた男を、見付け出して叩き斬りたかったが叶《かな》わなかった。であれば町奉行所そのものに揺さぶりを掛けようと、夜鷹と船饅頭三人を斬り殺したのである。

ねらいどおり瓦版が派手に扱ったので世間は騒然となったが、町奉行所はまるで痛痒《つうよう》を感じないかのごとく反応を示さなかった。ねらいが空廻りしたとなると、坂下の闘いはなんだったのか。

それにしても人の生涯なんて、ちょっとしたことで簡単にひっくり返ってしまうものなのだ。大身旗本河津家の一人娘志津が坂下泉三郎を見初めなければ、こんな悲劇は起こらなかったのである。

次の朝、信吾は早くに目醒《めざ》めたが、かなりのあいだ寝床の中で天井を見あげていた。

それでも、いつもより四半刻（約三〇分）以上も早く起き出したのである。

鎖双棍のブン廻しを始めるまえに伝言箱を見たが、なにも入っていなかった。早すぎたからかもしれないと、鎖双棍と木刀の素振りを終え、常吉に棒術を指導してから改めて見直したが、やはり入っていない。

昼も複雑な気持で伝言箱を見て、入っていないのを知って胸を撫《な》でおろした。

食事に帰っていた客たちがもどって午後の部になると、九ツ半にやって来る茂十の足音が聞こえぬかと気になってならない。出たばかりの瓦版を手に、「たいへんなことになった」と言うのではないかと思ったからだ。

格子戸が開くと、権六の野太い声がせぬかと耳をそばだててしまう。

そして夕刻になると伝言箱を見るのだ。待っている訳ではない。なぜならそれは、九分九厘よからぬことに繋がるからである。

だが伝言箱への紙片も茂十のもたらす瓦版もなければ、権六の野太い声掛けも聞かずにすんだ。俵と前原が話したことで、坂下が自重しているからかどうかはわからない。それらに関係なく、個人ができる限界を感じて中止したかもしれないのである。

信吾にすればこのまま何事もなく終われば、それなりにいいと言えなくもないが、どうにも納得がいかなかった。

十

「夫婦で相談屋をやっておって、信吾が波乃どのと一心同体であることは」

生真面目な顔で言う俵元之進を、信吾は遮るようにして言った。

「いえいえ、二人あわせてようやく一人前との意味での、一心同体でございますよ」

冗談っぽい言い方をしたのは、俵の言わんとしたことがわかったので、少しでも先に延ばしたいという気持が働いたのかもしれない。

俵と前原浩吉の連名で、信吾は本所北割下水《きたわりげすい》に近い荒井町《あらいちょう》の飲み屋に呼び出された。

大川に架けられた吾妻橋を東に渡った一帯は、大名家の下屋敷や寺院、町屋が混在している。北割下水はその南にあり、そこからさらに南の南割下水、そして竪川《たてかわ》までは小役人や陸尺《ろくしやく》の組屋敷、石高の低い旗本の屋敷に占められている。その何倍から何十倍という、広大な大名屋敷も点在していた。

その飲み屋を選んだのは、俵と前原の家が近いということだろう。呼び出しの書簡に、信吾一人で来られたしと付記してあった。そして最初の俵の台詞となると、およその見当は付く。

「いや、一心同体であることは存じておるのだが、こればかりは女人《によにん》には」

「俵は女に泣かれとうないのだろう。たまには女を、それも人の妻を泣かせてみろよ。波乃どのはれっきとした人妻だぞ」

「前原さま、どうかむりはなさらないでください。冗談にも洒落にもなりません。坂下さまのことでございますね」

真正面から見て言うと、俵と前原は思わず顔を見あわせた。

「信吾にわからぬはずはないと思うておったが」と、長い間を置いて俵は言った。「坂下は自裁した」

覚悟はしていたが、さすがに絶句せざるを得なかった。前原があとを続けた。

「あの日、信吾の申したことを、一言一句違《たが》えずとの自信はないが、ほぼ正確に伝えたつもりだ。すると坂下がなんと言ったと思う」

「そのようなことが、てまえなんぞにわかろうはずがありません」

「信吾がそう申したか、と言いおったので舌を捲いた。信吾の名など一度も出しておらんのにな。信吾の申したように伝えたが、話が簡潔に纏まっているということでわかったのかもしれん。わしなど坂下に、要点だけを言うことはできんのかと、常々言われていたからな」

前原の言葉を奪うように俵が続けたのは、それほど強い印象として残っていたということだろう。

「それでしたら、なんのふしぎもございません」

「なぜだ。坂下はわしらが信吾に会ったことを知らぬし、それまでに名は出しておらんのだぞ」

「町方が手ぐすね引いて待っているので、飛んで火にいる夏の虫となる。だから自重するようにおっしゃったのでしょう」

「ああ」

「そこですよ。俵さまにも前原さまにも、町方の動きなどわかる訳がないではありませんか。とすれば自然と、信吾が話したにちがいないとなるのではないですか」

二人は顔を見あわせ、まるで幇間《たいこもち》がやるように額を掌で叩いた。滑稽と言うよりも信吾は呆れてしまった。さすがに照れくさそうな顔になったが、すぐに真顔にもどると俵は姿勢を正した。

「わしと前原が屋敷から連絡を受けたのは、それから三日後であった」

前原が厳かに言った。

「坂下はその間に身辺の整理をし、別れを告げるべき人に会ったということだな」

「すると」

「坂下は腹を十文字にかっ割《さ》き、頸《くび》の血の管を断って絶命したとのことだ」

「お心遣いありがとうございます。波乃は大抵のことには動じぬ女ですが、さすがにそのこととなりますと」

波乃がいっしょであれば俵は露骨な言い方は控えるだろうが、多少言い方を変えたとしても冷静に聞くことはできないだろう。波乃は信吾が俵と前原に呼び出されたことを知っているので、帰ったら坂下が自裁した事実を伝えなければならない。

だが直接と間接では雲泥の差がある。信吾は十分に留意して、なるべく衝撃を与えないように話すつもりであった。

波乃に話すには強烈すぎるとのことで、黒船町の借家に押し掛けず、荒井町の飲み屋に呼び出したのであれば、俵と前原にしては上出来すぎる。借家にくれば極上の下り酒が呑めるというのに、よくぞ我慢できたものだ。

その配慮がありがたかったのは、信吾には二人には言えないもう一つの事情があったからである。

「わしらが行く以前から、坂下はすでに覚悟は決めていたようでな。見せてはもらえなんだが、迷惑をお掛けして真に相すみませぬとの、あっけないほど短い書置きが残されていたとのことだ」

俵がそういうと、前原が落ち着きのない目を空中に彷徨わせた。

「最後に会ったときには、坂下は多くを語らなんだ。だが若気の至りでつい道を踏み誤ったが、理由を告げられずに断られては生きてはいけまいと言いおった。ただ不浄役人に捕らえられることだけは、潔《いさぎよ》しとしないとも言っておったのだが」

一方的な婿入り取り消しの通告を受けた坂下の気持を慮《おもんぱか》ってだろう、俵は複雑な顔でそう言ってから、吹っ切るような言い方をした。

「耐え難い思いはしたであろうが、ある意味では幸せだったやもしれん」

信吾が信じられぬ思いで二人を交互に見ると、俵は自嘲するような笑みを浮かべた。

「誤解されるのもむりはなかろう。底の底、一番底にまで落ちずにすんだとの意味で言ったのだが」

ますます訳がわからなくなったが、前原が深くうなずいて強い同意を示したのには、さらに驚かされた。信吾の驚愕《きょうがく》した表情がよほどおかしかったのだろう、俵は苦笑してから説明したのである。

「商人の信吾には理解できんであろうな。つまり、こういうことだ」

部屋住み厄介のまま齢を重ねれば、やがて兄が嫁をもらう。そのころには、兄は俵家の当主となっているはずである。

やがて兄夫婦に子供が生まれると、部屋住み厄介は厄介叔父と呼び名が変わる。甥《おい》や姪《めい》にとって、「理由はわからないが、いっしょに暮らしているふしぎな人」となるのである。場合によっては姪が嫁ぎ、甥が妻帯して子が生まれても、死ぬまで兄の、さらに甥の居候として生きねばならない。

「俵はそうなっても生きたいか。いや、生きてゆけるか」

前原がほとんど喧嘩腰の口調なので、俵は堪《たま》らずというふうに苦笑した。だがその笑いは一瞬にして消えて、見たこともないほど暗い顔となった。

「そうまでして生きとうはない。いや、生きてゆけまい」と言ってから、俵は先刻より苦い笑いを浮かべた。「生きてゆけまいと言いながらも、だらだらと生きるしかないだろうがな」

そのように萎《しお》れて萎《しぼ》み切ったからには、もう俵と前原が黒船町の借家に話しに来ることはないだろう。坂下がいたから活《い》き活《い》きした会話が生まれたのだ。来れば拒みはしないが、楽しい会話ができそうにないのがわかっていながら来るとは思えなかった。

亡くなってからはっきりわかったのは、坂下がかれら三人の核だったということである。核であり硬い殻に被《おお》われた種子であった。だから俵と前原という果肉は、瑞々《みずみず》しさを維持できたのだ。

種子であり核である坂下を喪ったのだから、果肉はほんのわずかなあいだに腐敗して頽《くずお》れてしまうだろう。でなければ水気を失って、カラカラに乾いてしまうはずだ。

それにしても昨日今日と、なんたる日が続いたことか。「禍福は糾《あざな》える縄の如《ごと》し」との諺《ことわざ》があるが、それをわずか二日で体験することになるなどとは、信吾は思いもしていなかった。

つい十日ほどまえ、波乃の姉花江《はなえ》に子供が生まれた。一ヶ月近い早産であったが、ちいさくはあってもすこぶる元気であった。おおきな声でよく泣いて、両親の善次郎《ぜんじろう》とヨネを喜ばせた。

なぜなら男児だったからだ。花江と波乃には男兄弟がいなかったので、花江は滝次郎《たきじろう》を婿養子とした。母親のヨネもまた男兄弟に恵まれなかったので、善次郎を婿養子に迎えたのだった。それぱかりか、祖母もやはり婿を取っていたのである。

江戸でも知られた楽器商「春秋堂《しゅんじゅうどう》」は男児に縁がない、とだれもが半ば諦めていた。ところが思いもしない男児出生で、どれほど喜んだことか。名は善次郎のひと言で決まった。

「善次郎、滝次郎と次郎が続いたが、待望の太郎が生まれた。それも大声で泣く元気な太郎がな。長男の名はこれしか考えられん、元太郎《げんたろう》だ」

早産で心配がなかった訳ではないだろうが、善次郎はそれを表に出さなかった。

「ちいさく産んでおおきく育てると言う。母親の体に負担を掛けなかったのだから、生まれながらにして親孝行な息子ではないか」

そう言って善次郎が大笑したのは、月足らずの未熟さに対する不安を、吹き飛ばしたかったからかもしれない。

元太郎が生まれるまえ、花江の腹が迫《せ》り出して来ると、波乃はなにかと用を作って実家に出向くようになった。花江にようすを聞きたいからだろうが、ある日、顔を輝かせながら帰って来た。

「顔を火照《ほて》らせてどうしたのだ」

信吾が訊くと、波乃は頬を両手で押さえながら言った。

「花江姉さんのお腹に触らせてもらったら、赤ちゃんがあたしの手を蹴ったの。とても元気がいいから、きっと男の子よ」

「波乃叔母さんに似て、お転婆なだけじゃないのか。浅草では定評のある嬶《かかあ》天下《でんか》の家系だからね」

信吾は力任せに肩を叩かれた。

お腹の中にいてさえそうなのだから、元太郎が生まれてからというもの、波乃はことあるごとに甥っ子を話題にしたのである。そこには口には出さないが、いや出さないから余計に、自分も早く子供を授かりたいという気持が溢れていた。

昨夜、夜の食事を終えて、常吉が番犬「波の上」の餌を持って将棋会所にもどると二人は茶を飲んだ。波乃が少しもじもじしながら「あの」と言ったので、信吾は「なんだい」と軽く受けたのである。

「万が一のことがあって信吾さんをがっかりさせてはならないので、念には念を入れました。今日、お伝《でん》さんにまちがいありませんと言われました。できました。できたんです」

お伝は、花江だけでなく母親のヨネも世話になった、阿部川町《あべかわちょう》の産婆であった。波乃は住んでいる黒船町や北隣の諏訪町でなく、自分が生まれ育った町の産婆を頼ったのだ。

急なときのために、なるべく近くの産婆に診てもらう人がほとんどである。黒船町と阿部川町は十町（一・一キロメートル弱）ほどしか離れていないので、許容範囲ということだろう。それに産み月になると実家《さと》の春秋堂に帰るので、陣痛が激しくなればすぐにお伝婆さんに来てもらえる。

もちろんなにができたか、わからないはずがない。叫びたくなるほどの歓喜で胸がいっぱいになると、おなじくらい羞恥に近い照れが満ち溢れた。

「それはいかんなあ。吹き出物かい、おできかい。ひどい腫れだと早く手当てしないと」

上から下へ手で叩くのではなく、握り拳を正面から容赦なく胸に打ちこまれ、思わず「うッ」と呻いた。もしかすると波乃は、信吾に内緒で護身術か武術を学び始めたのではないだろうか、とそんな気がしたほどだ。

自分が父親となり波乃が母親となるのである。妻の胎《はら》には二人の子供が宿っているのだ。信吾は愛《いつく》しみを籠めて撫《な》で摩《さす》った。何度も何度も繰り返して摩っているうちに、次第に波乃の呼吸が荒くなった。するとそれに呼応するように、信吾の息遣いも乱れ始めた。

あとはどうなったかわからぬくらい、二人は乱れてしまったのである。

信吾が俵と前原に、本所北割下水に近い荒井町の飲み屋に呼び出されたのは、その翌日の夕刻であった。生涯の友となれそうだと思っていた坂下泉三郎が、自らの生に幕を引いたのを知らされたのだ。

二つの重大な出来事が立て続けに起きたので、信吾は呆然《ぼうぜん》となった。だが気持の乱れは急速に収束した。

「知らぬがホトケ」に始まった一行書き紙片の三枚目「ヨタカハアサガタカタガック」が、夜鷹殺しの予言であったとわかってからすべてが変わった。権六は謎の男が町奉行所そのものに喧嘩を売ってきたと言明したが、信吾は将棋会所と母屋の伝言箱に紙片を入れられるので安穏としてはいられなかった。

柳原土手の夜鷹に永久橋の船饅頭、そして采女原馬場での夜鷹殺しと続き、しかもだれがなんのためにやっているのか見当も付かない。それが思い掛けない結末を迎え、信吾は坂下泉三郎が自決したことを知ったのである。

終わることのない闇が続きそうに思えたが、新しい光が闇の終わりを告げたのだった。

坂下の自決という禍《わざわい》が、新しい生命の結実という福を招いたと思うべきなのだ。人の歴史で繰り返されてきたことが、自分の上にも起きて、それが子供や孫に引き継がれてゆく。

この一日二日で禍と福が重なるように出現したが、これからもその繰り返しとなるだろう。そのあいだが長いか短いか、暴風烈風となるか、心地よい微風となるかはわからない。

あとになればわかるのかもしれないが、そのときに余裕などあるものか。ただ、そのときどきに最善を尽くさぬかぎり、人生からしっぺ返しを喰うだろう。

自分は相談屋のあるじとして、将棋会所の席亭として、波乃の夫として、胎の子の父親として、あとになって悔いることのないように生きよう。

荒井町の飲み屋を出た信吾は、川風に吹かれて吾妻橋を渡り、波乃の待つ黒船町に向かいながら、改めて心に誓ったのであった。

解　説

吉野仁

この「相談屋」シリーズは、どの作品であれ読み終えると、気持ちが朗らかになる。人の情や心の機微が描かれ、物語のいたるところで笑いが巻き起こっているせいか、読んでいるあいだ気分がよく、自然と愉《たの》しい心持ちになるのだ。

本作は、シリーズ第十四作である。最初の五作が「よろず相談屋繁盛記」で、六作目からは「めおと相談屋奮闘記」となった。シリーズといっても第一作から順番に読まないと分からない話ではなく、どこから読んでも大丈夫。以前の作品に登場した人物やエピソードなどは場面ごと繰り返していねいに説明されるのでご安心を。書店に全巻並んでいなくても、いまはネットで注文ができるし、電子書籍（デジタル版）があるため、いつでも前の作品にさかのぼることができる。途中の巻から手にとったら面白さにはまり、けっきょく通して読んでしまったという人もいることだろう。もちろん、巻を重ねるごとに物語のなかの時間は進み、主要人物は、歳をとったり入れ替わったりする。ときおり脇役のひとりに焦点があたって意外な一面が明らかになったり、思わぬ成長を遂げていたりするなど、シリーズならではの読みどころをいくつも含んでいるのは言うまでもない。

物語の主な舞台は、相談屋と将棋会所というふたつの場所である。そのため、悩みや事件を解決する物語にとどまらず、にぎやかな人間模様がぞんぶんに味わえるのもいい。いや動物模様というべきか。主人公とその家族、そして将棋を愛する老若男女のほかに、犬、梟《ふくろう》、川獺《かわうそ》といった生き物たちが物語に深く関わってくるのだ。会話を追っているだけでも愉しくなる。そればかりか、登場する者たちの真摯な姿に刺激され、なにかこちらまでやる気がわき出てくることさえ多い。励まされたり、感化されたりする。うまくいかなくても一から見直し、よりよい道を探してやりなおせばいい。そうすれば、おのずと悩みは解決し、ものごとはとんとん拍子に運んでいく。そんなことをこの小説から教えられた。なんて贅沢《ぜいたく》な愉しさがつまった読み物であることか。

すべてのはじまりは、下町の老舗料理屋「宮戸屋」の息子である信吾が、店を弟に継がせ、「よろず相談所」を開いたことにある。信吾は三歳のときに大病を患いながら、どうにか生還した。それゆえに、自分はなにか成さねばならないと考えた。神さまか仏さまかわからないが、大きな力によって生かされた分、すこしでも困った人や悩み苦しんでいる人を助けたいと考えたのだ。だが、相談所だけでは暮らしていけないと考え、将棋会所「駒形」も同時に営むことにしたのである。

また信吾は、病気の後遺症のようなものか、ときおり記憶の脱落が起こることがある一方、動物の言葉がわかるという特殊能力が身に備わっていた。この能力があるせいで、ときおり奇天烈《きてれつ》な話が展開していくのも、このシリーズのほかに類のない特徴である。

そして、席亭として将棋会所を構えるほどなので将棋の腕に覚えがあるのはもちろんのこと、信吾は武術の使い手でもある。名付け親である巌哲和尚のもとで九歳から棒術や体術などを習っていた。さらに十七歳のとき巌哲から鎖双棍《くさりそうこん》という武器を授けられ、鍛錬のすえ使いこなせるようになったのだ。あくまで護身用としての武術だったが、あるとき「駒形」に、言い掛かりを付けて金をせしめようとならず者がやってきたとき、素手で撃退したことがある。しかも、その武勇談が瓦版に載ったことから、たちまち時の人になってしまい、縁談も多く舞い込んできた。さらに、その話を疑った旗本たちが賭けをして、人のいないところで信吾を襲って腕前を確かめようとする乱暴な事件まで起きたのだ。まったくなにがどう転がっていくかわからない。

思えば、シリーズ第一作『なんてやつだ　よろず相談屋繁盛記』からして驚きの連続だった。話ごとに意表をついてくる。題名に「相談屋繁盛記」とあるからには、次々に持ち込まれる悩みごとをみごとに解決していく物語なのだろうと予想していたら、そうは問屋がおろさない。まともな依頼がなかなか来ないのである。一方の将棋会所はにぎやかだ。とりわけ第二作『まさかまさか』で天才少女ハツが「駒形」に通うようになってからは、十代のこどもたちをはじめ、若い将棋好きが集まりだした。なによりそれまで「駒形」の雑用をまかされながら将棋にはなんの関心もなかった小僧の常吉がハツの登場で大きく変貌した。将棋を学び、真剣に向き合っただけでなく、しっかりした言葉遣いや作法までこなすようになったのである。このように、見かけや評判で人を判断してはならず、人はときに変わるものだという話が随所で出てくる。これも本シリーズの大きな特徴といえるだろう。

「駒形」をめぐる見せ場としては、開所一周年を記念してたちあげた将棋大会にも触れておこう。第一回の大会は百八十三人もの参加者が約一ヶ月にわたって総当たりの対局をおこなった。この模様は第四作『やってみなきゃ』に詳しい。つづく第二回は、第十一作『風が吹く』で描かれており、前年の経験をふまえて方式を検討、変更することになった。第一回で上位となった者を中心に、四十八名が参加した。しかし大きく異なるのが賞金の額である。寄付が増えたため優勝賞金も三両からめでたく八両となった。この顚末《てんまつ》もまた面白く、かつ意外なものだ。

第一作『なんてやつだ』から第五作『あっけらかん』までは副題「よろず相談屋繁盛記」だったのが、第六作『なんて嫁だ』以降「めおと相談屋奮闘記」に変わったのは、言うまでもなく信吾が嫁をもらい、夫婦で相談屋を営むようになったからである。妻となったのは、楽器商「春秋堂」の次女、波乃である。信吾と波乃はまさに似合いの夫婦となった。信吾の父である正右衛門は、春秋堂と宮戸屋の両家が顔合わせで会食したとき、信吾と波乃の掛けあいを見て、まるで三河萬歳《みかわまんざい》のようだと口にしたほどである。もともとこのシリーズは、落語の長屋噺《ながやばなし》の趣が感じられたものだ。八《はっ》さん熊《くま》さん与太郎《よたろう》らが物知りのご隠居を囲み、バカな問答を繰り広げていくのに似た場面も少なくない。洒《しゃ》落《れ》をもちいた言葉遊びをはじめ、いたるところに笑いがあふれていた。そして「めおと相談屋奮闘記」になったことで、それこそ夫婦《めおと》漫才のごとき会話が絶えず、笑いがますます増えていったのだ。物語がさらに前へ前へと気持ちよく進んでいくようになった気がする。第十三作の題名どおり、『とんとん拍子』にことが運んでいく。

さて、副題を変更したシリーズ第二章も、この『新しい光』で第九弾となった。いろいろな意味で、大きな転機を迎える作品といえるだろう。これまであまり描かれることのなかった暗い影が物語を覆っているのだ。

もっとも第一話「二つの面」を冒頭から読みはじめたかぎりでは、まったくいつものとおり、落語の一席が語られているかのような調子で展開していく。「駒形」の常連客である房右衛門が朝早くから、爪の引《ひ》っ掻《か》き傷である三本の筋を左頬につけてやってきた。女房のハルを怒らせてしまったという。

さてこの件で信吾と波乃は房右衛門にどんな助言をして、どんな決着をむかえるのだろうか。そう思って読んでいくと、話は意外な方向へと向かう。信吾のもとに奇妙な事件が舞い込んだのだ。ある朝、将棋会所の伝言箱に奇妙な紙片が入っていた。そこに書かれていた文句は「知らぬがホトケ」。どういう意味なのか、信吾にはまったくわからない。ところが翌朝、まったく同じ字体で、こんどは「イワシの頭も信心から」と書かれた紙が入っていた。そして、しばらく紙片の入ってない日がつづいたあと、新しい紙片を目にして驚いた。こんどは片仮名で「ヨタカハアサガタカタガック」。いったいだれが何の目的でこんなことを繰り返しているのか。飼い犬の波の上に監視させ、伝言板に紙片を投げ入れた者を探ろうとしたが、つきとめることはできなかった。

房右衛門が妻を怒らせた件は、このシリーズらしい、笑いにあふれた結末を迎えるものの、伝言箱に入れられた怪しい手紙の謎とその書き手の正体は依然、わからないままなのだ。こうしたミステリ仕立ての物語が、全体にわたって本格的に展開していく。飼い犬を監視役や調査員として活躍させるのが特異なところだが、まるで江戸のシャーロック・ホームズのごとき様相をみせるのだ。

つづく第二話「待つ仕事」では、紙片の文句がなにを意味しているのかが明らかになり、おそるべき事件と絡んでいたことが判明する。これまでのシリーズでも第七作『次から次へと』において「女房喰《ぐ》い」というあくどい犯罪をめぐる話があった。だが、今回は悪事の質がまったく異なる。江戸の切り裂きジャックのごとき凶悪犯が相手なのだ。第三話「手妻遣い」では、百市という男の持ち込んだ相談ごとをめぐる話なども登場するものの、全体を占めているのは、あいかわらず相談箱に紙片を入れた男をつきとめ、その文言に絡む事件の謎を追う展開である。

物語の謎や核心に触れるのであまり詳しく書くことはできないが、今回、現代ミステリーでいえばサイコサスペンスという異常心理を扱った小説群を思わせるところが多い。それはなにも犯人や真相にまつわる部分だけではない。第三話の題名となっている「手妻遣い」とは、いまでいう奇術師である。物語のなかで、ある人物が信吾のことを手妻遣いではないかと疑った。しかも曲芸ではなく、人の心を自在に操ることができる手妻遣いではないかと思ったという。たしかに世の中には、巧みな話術と押しの強さで他人を都合よくまるめこむのがうまい人がいるものだ。その能力を金儲《かねもう》けや犯罪のために悪用する者も少なくない。たしかに信吾は、話し合うことでたちまち相手の心をつかみ、その人から愛される男である。そんな好人物はめったにいないだけに、逆に怪しまれてもおかしくない。ここでも、ものごとの見方次第で、同じ人物がまったく正反対に受けとられることが表されている。

そしていよいよ第四話「禍福の縄」で、すべてが明らかになる。シリーズを読んできた読者には、いささか衝撃的な事件とその真相かもしれない。これまで物語で扱われている相談ごとの大半は、世間のどこにでもありそうなものだった。しかし今回の事件に関しては、ただ無残なだけで明るさはどこにもない。もっとも、だからこそ最後に「新しい光」が射《さ》すのだろう。夜明け前がもっとも暗いというではないか。禍福は縄のごとし。次作から、また新たな季節がはじまっていくのだ。

シリーズの今後ということでは、まだまだ愉しみはつきない。たとえば第十二作『春だから』で、信吾は、書肆《しょし》「耕人堂《こうじんどう》」の番頭志吾郎《しごろう》から将棋上達の本を頼まれていた。それをどうにか書きあげなくてはならない。これがいかに進行していくのか、興味深いところだ。常吉やハツたちが、この先いったいどう成長するのかというあたりも、大いに気になるところである。なにより、新しい光が射す景色はどのようなものなのだろうか。はやくも次作が待ち遠しい。

（よしの・じん　文芸評論家）

本書は、集英社文庫のために書き下ろされた作品です。

本文デザイン／亀谷哲也［PRESTO］
イラストレーション／中川 学

集英社文庫　目録（日本文学）

集英社文庫

新《あたら》しい光《ひかり》 めおと相談《そうだん》屋《や》奮闘《ふんとう》記《き》

2023年1月25日　第1刷　　定価はカバーに表示してあります。

著　者　野口《のぐち》　卓《たく》
発行者　樋口尚也
発行所　株式会社　集英社
東京都千代田区一ツ橋2-5-10　〒101-8050
電話　【編集部】03-3230-6095
【読者係】03-3230-6080
【販売部】03-3230-6393(書店専用)

印　刷　図書印刷株式会社
製　本　図書印刷株式会社

フォーマットデザイン　アリヤマデザインストア　　マークデザイン　居山浩二

ISBN978-4-08-744481-0 C0193